1
二度目の人生では、
お飾り王妃
になりません！
清川和泉
illustration
音中さわき

「ラン王国元王妃セリスを、極刑に処する」

淡々と冷たい声で言い放ったその言葉を、わたくしはどこか他人事《ひとごと》のように聞いていた。

極刑……。

ようやく言葉の意味を飲み込んだ途端、胸の鼓動は瞬く間に早鐘のように打ち始める。

俯《うつむ》けていた顔を上げてみれば、冷たい声の主である裁判長が法壇の上に座り、凍てつくような瞳でわたくしを見下げていた。

その後、判決理由を延々と述べ始めたけれど、その声は徐々に遠くなっていった。

ああ、どうしてこんなことになってしまったのだろう。

第一章　そして二度目の人生へ

Nidome no jinsei deha Okazari Ouhi ni Narimasen!

どうして、こんなことになってしまったのだろう。

わたくしの名はセリス。
わたくしは、これまで民の為に常に尽くしておられる陛下のことを、王妃としてしっかりお支えすることを第一に考え生きてきた。けれど、三ヶ月ほど前に全く身の覚えのない複数の罪で捕縛されると、陛下からは離婚を言い渡され、教会でもそれが認められたのでわたくしは王族籍を抜かれてしまったのだ。
当然、実家である公爵家からも見放され、公爵であるお父様はこれまで面会に来たことはなく、それどころか捕縛されたことを口実に書類上で絶縁されてしまい、そのためわたくしは姓を持たぬ身となった……。

「被告はただちに留置所へ戻るように」

いつの間に閉廷したのか、刑務官に縛られた両手首の先に結びつけられている縄を引っ張られ、王室裁判所の法廷から退室する運びとなっていた。

――そうだわ。あの方は、あの方は確か今日はいらっしゃると聞いていた。

どこにいらっしゃるのかしら……。きっと、来賓席にいらっしゃるのよね。

これまで緊張感に包まれて、その考えに至らなかったことが悔やまれる。

ともかく、来賓席と思《おぼ》しき上段の席を見上げ視線をさまよわせると、そこにはこの三ヶ月間一度もお会いすることが叶わなかった男性――アルベルト陛下がいらっしゃった。

ああ、夢にまで見たあなたを、もう一度見ることができるなんて……。

わたくしは冤罪《えんざい》なのです。どうかあなたの手で、わたくしをここから助け出して欲しい。

離縁はされてしまったけれど、それはきっと何か深い考えがあってのことで、本日の判決にもきっとこのあと、異を唱えてくださるはず。

そうよ、陛下のお姿を少しでも長く脳裏に焼き付けておかなくては。

ああ、あの漆黒の髪も、冷ややかな目元も、長身でスラリとしたお姿も、全くお変わりがなくて安心した。叶うならもう一度お話しができたらよいのに……。

そうした考えが過《よぎ》ったのと同時に、わたくしの視界に予想だにしていなかった存在が目に入った。

「カーラ……」

身体から、瞬く間に力が抜けていった。

カーラは陛下と並んで座っていてわたくしと目が合うと、澄ました顔つきで陛下よりももっと黒く長いその髪をかきあげて真っ直ぐにわたくしを見下ろした。

次いで立ち上がった陛下の腕に、カーラはか細く白い腕を絡ませる。

――なぜ、侍女にすぎないカーラが陛下のお傍《そば》にいるの？

戦慄《せんりつ》を覚え、複雑な感情が渦巻いてきたけれど、二人は無情にもわたくしのことなど気にも留めず、足早に歩みを進めて退室した。その間際、カーラがこちらをチラリと見てきたけれど、遠目なので分かるはずもないのに、心なしか口角が上がっているように見えるのだった。

そして、陛下はとうとう法廷でわたくしのほうをご覧になることはなかった……。

気が付いたら、一筋の涙が流れていた。

わたくしは陛下に見限られたのだろうか。

そう思うと、まだ確かなことは何も分からないけれど、涙は溢れ続けしばらく止まらなかった。


牢獄に戻されるとすぐ、わたくしは木綿のハンカチと裁縫箱を取り出して刺繍《ししゅう》を始めた。

これらは以前、使いの者が差し入れとして届けてくれた唯一の道具で、今ではわたくしの心の拠《よ》り所になっている。

先ほどの衝撃から気を紛らわす為にも、今は無心になりたいのだ。

刺繍に没頭していると、ふと目前に懐かしい光景が広がる――

◇

「妃殿下のお刺しになられる刺繍は、いつもとてもお美しくていらっしゃいますね」

侍女頭のティアは、わたくしの傍でそっと微笑んだ。

あのときは、確かわたくしは白い薔薇《ばら》のモチーフを刺していたのだ。

「ありがとう、ティア。この薔薇は、陛下との思い出の花なのですよ」

「左様でございますか。それは妃殿下にとって、大事なお花なのですね」

「ええ。初めて陛下にお会いしたときに、絹のハンカチと一緒に贈っていただいて、とても温かい気持ちになりました」

再び刺繍を刺し始めたわたくしに、ティアはローズヒップティーを淹《い》れてくれた。

ああ、そうだわ。あれは確か、わたくしが捕縛される日の一週間ほど前の出来事だった。

あの頃のわたくしは心地の良い安心のできる私室で、よく刺繍を刺していたのだ。

ただし、虚弱体質だったわたくしはあの頃も体調を崩しがちで、お医者様からの許可の下で寝台上に上半身を起こして刺していたのだけれど。

また、そのために公務を欠席しがちだったので、周囲からは「お飾り王妃」と揶揄《やゆ》されていたことは知っていたけれど、虚弱体質であることは事実なので、それに反論することはできず、あの頃は体質の改善に努める日々を送っていたのだ。

「きっと陛下は、喜んでお受け取りくださいます」

「そうだとよいのだけれど」

その後、ティアに託して陛下にハンカチを贈ったのだけれど、残念ながらその感想を聞く前にわたくしは捕縛されてしまった。

もしわたくしが捕縛されなければ、陛下はご感想をお伝えくださったかしら……。

◇

二ヶ月後。

わたくしは拘置所の牢の中で、まるで生きる屍《しかばね》のように両膝を抱えて身を固くし、冷たい床の感触を感じながら、牢の中でただ時が過ぎるのを待っていた。

刑の執行日が近づくにつれ、気力が失われて刺繍をすることもできなくなったのだ。

加えて、先日わたくしの刑が執行されるのは明日だと刑務官から伝えられたが、どこか現実感がなかった。

「六十六番、面会人だ。面会室まで同行する」

不意に、刑務官が牢の外から声を掛けた。

わたくしに、面会人？　牢獄に入ってから半年近くが経つけれど、これまでわたくしを訪ねて来たのは侍女頭のティアと侍女のオリビアだけだった。今日もオリビアか、まさか。

まさか、アルベルト陛下が会いに来てくれたのかしら。

『遅れてすまない。そなたの身の潔白を晴らすのに、時間が掛かってしまったのだ』

そうよ。陛下はきっと、わたくしを解放するために訪れてくださったに違いないわ！

これまで、重たい身体を引きずるように生きてきたけれど、急に身体が軽くなったように感じた。

看守に手首に縄をつけられた状態で面会室に入ると、そこには――

黒のドレスに身を包んだ女性……カーラが座っていた。

カーラはわたくしが入室するなり、口角を上げて淑女らしい軽やかな動作で一礼した。

「ご機嫌よう、セリス様。……いいえ、今はただの死刑囚でしたわね」

わたくしは震える身体を抑えるように、ぎゅっと何とか自分を保つように両腕で身体を抱きしめた。

魔宝《まほう》ガラス越しに椅子に浅く腰掛けると、冷や汗が滲《にじ》み出てくる。

なぜ、カーラはわたくしをわざわざ訪ねて来たの……？

その上、向けられる瞳には悪意が露骨に出ていて、視線が合うだけで陥れられると思ってしまう。

「何の……ご用かしら」

「あら、本日はあなたにご挨拶に参りましたのよ。ふふ、明日旅立つあなたに最期のご挨拶をと」

カーラはわたくしの侍女だった。

聡明で会話も上手で、いつもわたくしの相談に乗ってくれた気の置けない存在だった。

けれど、先日法廷で陛下の腕にその細い腕を絡ませる姿を目にしてから、カーラに対して不信感が強まっている。なぜ彼女はあんなことを……。

それに、先ほどからわたくしに対しての物言いがあまりにも聞くに堪えず、不快感も高まっていた。

「……挨拶？」

「ええ。前王妃が、私欲を抑えきれず臣下と不貞をはたらき、共謀の上、魔術に関する機密情報を隣国ドーカルに売ったことは我が国史上大きな汚点です」

「わたくしは、そんなことはしていないわ！　全くの事実無根、濡れ衣よ！　第一、どうしてわたくしがそんなことをしなければならないの!?」

「さあ、それはあなた様しか知り得ぬことでございましょう」

これまで様々な貴族の令嬢に会ってきたけれど、その中でも一番綺麗《きれい》な笑顔が目前にあった。

——ただし、それは邪悪さも兼ね備えていたのだけれど。

その笑顔を見て全てを察した。

ああ、そういうことか。わたくしは彼女に嵌《は》められたのだわ……。

「ですから、そんな元王妃様にせめてもの情けでご挨拶に伺ったのです。これからは、わたくしが王妃として陛下をお支えいたしますので、どうか安心して旅立ってくださいな」

激しい動悸が襲ってくる。

元々、わたくしは口数が多いわけではないのだけれど、それでもいつにも増して口が開かない、言葉が出てこないのだ。

「……あなた……だったのね……」

「さあ、何のことでございましょう。まあ、あなたは王妃でいたところで、大したはたらきもできない『お飾り王妃』でしたから、ふふ、あるべき所におさまるだけではないでしょうか」

「お飾り……王妃……」

それは、二度と聞きたくない言葉だったけれど、もう一度聞くことになってしまうなんて……。

「ご機嫌よう、お飾り王妃様。安寧をお祈りしております」

カーラが再び綺麗で邪悪な笑顔と共に見事なカーテシーをし、背姿を見せずに退室したのと同時に、わたくしはその場に崩れ落ちた。

悔しさと怒りと悲しみと情けなさと、様々な負の感情が一気に押し寄せて来て打ちのめされ、しばらくは自力で立ち上がれなかった。

けれど、面会は終了だと無理矢理看守に引きずり出され牢獄に戻された。

そしてそのあとも、いいえ、翌日である死刑執行時まで、わたくしは力なく放心状態で過ごしたのだった。


「時間だ」

死刑執行当日の詳細を、正確には覚えてはいない。

ただ、刑自体は非公開だったこともあり、中央に椅子が置いてあるだけの何もない無機質な部屋に、執行人とわたくしだけが存在する簡素なものだった。

執行人から手渡された毒入りの魔術薬を震える手で受け取り、わたくしは恐る恐る飲み干した。

水のように無味だとぼんやりと思ったあと、徐々に意識がなくなり、力なくその場に崩れ落ちていく瞬間、――今までのことが走馬灯のように浮かんだ。

先日の法廷での陛下とカーラのことも。

わたくしは、幼き頃から一途にアルベルト陛下のことを想ってきた。

けれどあの方のことをいくら想っても、その想いを受け止めてくれたことは今までほとんどなかった。会話をしても目も合わせてくださらないし、時々憂いを帯びた表情をされていたのだ。

そのうえ冤罪なのに、わたくしを信じて疑いを晴らしてくれることも決してなかったわ……。

もし、もう一度人生をやり直せるとしても、二度と陛下を愛さない。

愛してやるものですか！

陛下は、わたくしが止め処《ど》なく無条件で自分を愛する存在なのだと思って、自分から何かをしなくてもよいとわたくしを軽んじたのだ。

――わたくしを馬鹿にするのも、たいがいにして欲しいわ！　それに、わたくしを欺いたカーラのことも絶対に許せない！

魂の叫びが心中に広がり、心が今まで生きてきた中で一番熱くなった。

瞬間、身体全体に閃光のような衝撃が走った。

これだけは一緒に葬って欲しいと懇願し、私物の所持の許可を得られた、お祖母様から贈っていただいた胸元のペンダントから眩《まばゆ》い光が発し、わたくしを優しく包み込んでいく――

◇

眩い光が視界全体に広がったので、思わず強く瞼《まぶた》を閉じていた。

だから、しばらく時間が経っても、恐ろしくて中々瞼を開くことができないでいる。

「……お嬢様？」

そのそよ風のような声はとても懐かしく、もう一度聞くことができるなんて思ってもみなかったから、自然と涙が溢れた。

「……オリビア……」

「まあ、お嬢様！　どうなされたのですか？」

オリビアはわたくしのもとへ駆け寄ると、絹のハンカチを手に取り目元の涙を拭いてくれた。

「お化粧が少し落ちてしまわれましたね。ですが、これでしたらお粉をのせればすぐ直せますから」

目元を拭ってから、粉を振ったパフで押さえてくれる。その手つきにまた涙が滲みそうになった。

ふと目線の先の鏡に、ブロンドのカールした髪を高い位置でまとめ、肌は色白だけれど顔色もよく、澄んだ瑠璃色の大きな瞳の女性が映っていた。

この女性は誰だろう。何かとても懐かしい気持ちになるのだけれど……。

ぼんやりと思うと、自分が動くと鏡の中の女性も動くので、どうやら自分のようだと分かる。

わたくしは、勾留されてから長らく鏡がない生活を送り自分の姿を見ていない。また、何かの機会で鏡を見ることがあったとしても、痩せ細り酷く傷《いた》みくすんでしまったブロンドの自分が映っているから、堪らなくなってすぐに目を逸らしていたので、以前の自分の姿などとうに忘れていた。

待って。この女性がわたくしなのだとしたら、この衣服は……純白のドレスだけれど……まさか。

「オリビア。今日は何日だったかしら？」

「六月十六日ですが。……先ほどから如何《いかが》なされたのですか？　本日は、お嬢様が心待ちになされていた陛下との『婚礼の儀』ですのに」

一気に血の気が引いた。

どういうことかしら。六月十六日は先ほどわたくしが毒薬を飲んだ日付と同じ。加えてわたくしが一年前に陛下と結婚した日とも同じだわ。

……まさか、時を遡《さかのぼ》った？

いいえ、そんなことが起こるわけがないわ。ここは死後の世界なのかもしれない。

「お嬢様。そろそろ陛下がお越しになる時間ですので、心得ておいてくださいましね」

「……陛下？」

陛下がわたくしの元にお越しになるわけがない。

ところが扉をノックする音が鳴り響き、オリビアが速やかに扉の前まで移動した。

まさか、本当に陛下が……。

全身から冷や汗が滲み出てきた。

第二章　一歩踏み出して

Nidome no jinsei deha Okazari Ouhi ni Narimasen!

胸の鼓動の音が鳴り響き、動悸が襲ってくる。

先日までは想い慕ってやまなかった方が、あんなにもお会いしたかった方が、今まさにわたくしの傍《そば》におられるのだ。

……ここは死後の世界なのかもしれないと思ったけれど、この世界でのアルベルト陛下はわたくしが知っている方と変わりないのかしら。

――途端に、わたくしの心中に冷たくて暗く、形容し難い負の感情が渦巻いてきた。

もし、わたくしが知る陛下であるのなら、正直なところもうお会いしたくもお話ししたくもない。

陛下は、獄中のわたくしに面会に来ることもなく、こともあろうか、カーラを選んだのだ。

わたくしを陥れたであろうカーラを選んだことには、嫌悪感しか抱けないわ。

……法廷の場では、そうだとは認めたくなかったけれど。

ただ、先日カーラが面会に訪れた際に「わたくしが王妃として」と言っていた。

そもそも、発言が全て記録される面会室において、悪戯《いたずら》に虚言を発するとも思えない。

では、やはり認めたくはなかったけれど、二人はあのときすでに通じていた可能性が高いのだ……。

万が一、……陛下もカーラと共謀してわたくしを陥れたのだとしたら……。

だから、間違ってもこちらから微笑むようなことは絶対にしないと心に決めた。威圧的な姿勢で目前に立ち、わたくしを見下ろしているのであろうその男性を、意を決して見上げる。

すると、案の定そこには正装である黒を基調とした複数の勲章が付けられた軍服を身につけた、陛下が立っていた。

たちまち、電撃が走ったような衝撃と息苦しさが襲ってくるけれど、何とか抑えこみ気丈を装い立ち上がってカーテシーをした。

「……国王陛下にご挨拶申し上げます。お忙しい中、お越しいただきまして恐悦至極に存じます」

形式的な挨拶はしたものの、顔は引き攣《つ》っているし身体は恐ろしさから震えが止まらないでいる。

けれど、ここはきっと死後の世界なのだろうし、カーラのこともあるけれど、何よりわたくしはこの方に一度見限られて見殺しにされているのだ。

――これ以上失うものなど何があるのだろう。

そう思うと、絶対に陛下に負けないという気持ちが湧き上がってきて、心が夜の海のように静かに落ち着きを取り戻していく。

「面《おもて》を上げよ」

「……はい」

決して動作を速めず、けれどそれでいて優雅さも兼ね備えることを忘れずに身体を起こしていく。

陛下に対して絶対に微笑《ほほえ》まず、隙を見せないようにすることを誓いながら視線を合わせた。

ああ、凛《りん》とした姿勢、漆黒の艶のある御髪《おぐし》、強い生命力を感じるお姿。

お変わりがないようで安心したわ。……いいえ、もうわたくしが陛下の身を案じる理由など、たとえここが死後の世界であってもどこにもないのだ。

「あと半時で婚儀が始まる。式中の身の振り方は心得ているな」

「……はい。事前に何度も打ち合わせておりますので」

「ならばよい」

陛下は、無表情とも無関心とも言える、普段わたくしのみに向ける力のない瞳でチラリとわたくしの方に視線を向けると、目を大きく見開き動きを止めた。

どうかなされたのかしら。滅多に動じたり、感情を露《あら》わにする方ではないのだけれど……。

「……今日は笑わないのだな」

笑わない。ええ、もちろん。

真に必要に迫られたときにだけ貴方様には微笑むことにいたしましたので、必要もないのに微笑んでなどあげるものですか。……詳細は今決めましたけれども。

とはいえ、本音をそのまま伝えてしまったら不敬罪で捕らえられかねないので。

「とても緊張しているのです。寛容な陛下におかれましては、ご承知いただければと存じます」

「……そうか」

そうして陛下は一瞥《いちべつ》すると、共に入室していた近衛騎士と退室された。

どうにか、この溢れんばかりの黒い感情を陛下に対してぶつけずに済んだので安堵《あんど》していると、わたくしたちの様子を無言で見守っていたオリビアが青い顔をしていた。

「お嬢様。なぜ、陛下に対してあのようなぞんざいなご対応をなされたのですか？　わたくし、心から背筋が凍りつくような思いをいたしました」

その声は真から震えているようで、何だかオリビアにはとても気の毒なことをしてしまったと思うのだけれど、わたくしは自分の判断が間違っているとは全く思わないわ。

「……本当に緊張しているのよ。それに、陛下もこれから来賓や他貴族のご対応や牽制でお忙しいでしょうし、なるべくわたくしに構って神経をすり減らして欲しくないの」

「け、牽制。それに、神経をすり減らすなどと……」

目を丸くするオリビアに対して、どう対応するのがよいのかと考えあぐねていると、ふと目前のドレッサーの鏡に映る自分の姿が目に入った。

――その目は鋭く全く笑っておらず、冷たい印象を受ける。

けれど、わたくしはこの目に悪い印象は持たず、むしろ好印象を抱いたわ。

そうか、きっとこれが本来のわたくしの目なのだ。それこそ、一年前の誰にでも穏和な目を向けていたときのそれよりも気高いと思う。

ただ、少し前まで穏和な笑顔を振りまいていた女性が、突然このような表情をするようになったら、周囲の大方の人間はオリビアと同様に困惑するのかもしれない。

そうね、陛下に対しては絶対に譲れないけれど、それ以外の場面では弁《わきま》えなくては。

そう思案をしていると、介添人がわたくしの両親と弟と共に入室して来たのだった。


介添人は、栗色の髪を頭の後ろできちんとまとめた小柄な女性だった。

彼女は、温和な雰囲気を醸し出してわたくしの心を和《なご》ませてくれるのだけれど、一緒に入室したお父様は、入室した瞬間から鋭く刺すような視線でわたくしの方をご覧になるので、思わず視線を逸《そ》らしてしまった。

「セリス様、如何《いかが》お過ごしでしょうか。そろそろベールのお支度をさせていただきたいと思いますが、よろしゅうございますか」

「ええ、よろしく頼みますね」

早速、妃教育で培った経験から聖母をイメージして微笑んでみると、介添人が途端に目を細め、たちまち涙を浮かべた。

「ああ、私のような者に神々しいお顔を……勿体《もったい》のうございます。今日という日を、一生の宝にいたします」

少々誇張が過ぎると思ったのだけれど、オリビアも思わず涙を浮かべているので、思ったよりも心に響く表情だったのかしら……。

「セリス。くれぐれも陛下に対して無礼を働くでないぞ。もしお前が何かをしでかしたら、我が家門への影響も計り知れないのだからな。そのようなことがあれば……心得ておるであろうな」

突然、無情に響く低い声がわたくしを射抜いた。

――ええ、心得ております。実際にわたくしは見放されて勘当されましたもの、お父様。

「……はい、十分承知しております」

「これから王妃となる身とは言え、お前は幼き頃から病弱でしかも要領を得ぬところがあるからな。いくら十年ほど王宮で妃教育を受けてきたとはいえ、私はどこかお前を信頼しきれないのだ」

……これが、婚儀の前に父親が娘に掛ける言葉でしょうか。

わたくしの心中からワナワナと戦慄した感情が沸き起こってきたのだけれど、……ここは感情的にならないようにと、ギュッと掌《てのひら》を握りしめた。

「心得ておりますわ、お父様。お父様とお母様には、今日という日を無事に迎えさせていただきまして大変感謝しております」

そう、以前の婚儀の前も同じことを言われあのときは心が傷ついたけれど、それでもわたくし自身に何か至らぬところがあるのだと思慮し、頭を下げて許しを乞うたのだ。

同じことを繰り返してなるものですか。

「これからは全身全霊をかけて陛下をお支えし、このラン王国のために身を捧げる所存でございます。どうか、わたくしのその様をお見守りいただきたいのです」

先ほどの聖母のような笑みを意識しつつ、瞳は決して笑みを含まない。

これは、以前王妃だった頃に会得した笑みに、過酷な牢獄での経験による心情を付加したものだ。きっと、以前のわたくしではできなかった表情ね。

「……そうか。ならばよい」

お父様は、言い返す言葉が見つからないのか息を呑んで一歩引き下がった。

……初めてお父様に言い負かされなかった……のかしら?

「セリス、どうかご健勝で。あなたの幸せを一番に祈っています」

「お母様……」

思わず一筋の涙がこぼれた。

ああ、そうだわ。お父様はいつもわたくしに対して厳しく接するけれど、お母様はわたくしを擁護してくださったのだ。

——あくまで、それはお父様の様子を伺いつつのものであったのだけれど。

「お姉様、本日はおめでとうございます」

控えめにお父様の背後から現れて、声変わりが終わったばかりの低い声で祝福の言葉を紡いでくれたのは、わたくしよりも三歳年下の弟、ミトスだった。

ここが死後の世界だとしても、現在は一年前だということを想定して、わたくしは現在……まだ十八歳のはずだから、ミトスは十五歳のはずだ。

綺麗なブロンドと瑠璃色の瞳は相変わらずだけれど、結婚してからは確か一度も会っていなかったこともあり、わたくしの記憶の中のミトスは幼い小柄な少年だったので、背が伸びすっかり青年期に足を踏み込んでいる彼の姿は新鮮だった。

ミトスは学問に秀でていて、彼が通う王都内のアカデミーの学力調査では、常に首位に立っていると聞いた。それもひとえに、幼き頃からお父様が厳しい躾《しつけ》や教育方針を貫いたからであって、精神的に弱い部分のあるミトスは、よくわたくしの部屋に泣き言を吐き出しに来たものだった。

虚弱体質のわたくしとは正反対で、ミトスは滅多に風邪をひくこともなく健康的なので少しだけ羨《うらや》ましくもあったのだけれど、わたくしと同じ体質ではなくて心から安堵したものだ。

再び、ミトスにも会える日がくるなんて……。

「ありがとう、ミトス。お元気でしたか？」

「はい。寄宿舎生活ですっかりお姉様とお会いする機会は減りましたが、これからもお姉様の幸せを願っています」

そうだわ、以前の婚儀の前もミトスはわたくしに優しい表情でそう言ってくれたのだ。

また、涙がこぼれそうになる……。

「はい、ありがとうございます。わたくしもミトスの幸せをいつも願っています」

何とか声を振り絞って言ったあと、介添人が懐中時計を取り出して小さく頷《うなず》いた。

「それでは、お時間でございます。公爵夫人のお手でセリス様にベールをおかけいただくようお願いいたします」

「はい、分かりました」

オリビアに化粧を直してもらったあとに、お母様の優しい手で純白のベールをかけられると、いよいよ婚儀が始まるのだと実感する。正直なところ今すぐにでも逃げ出したいけれど、この状況下ではそれは不可能なのだとも理解をした。

——さあ、参らなくては。これから婚儀が執り行われるであろう、礼拝堂へ。

「セリス様。十五時となりますので、そろそろ礼拝堂へとご移動願います」

介添人が恭《うやうや》しく辞儀をして控室の扉を開いた。

いよいよだわ。これから再び婚儀が始まるのね。

「分かりました。……それでは参りましょう」

現在室内には、わたくしの予《かね》てからの侍女であるオリビア、両親、ミトス、介添人のみがいるのだけれど、記憶が正しければ室外には今日から正式に配属される、わたくし専属の近衛騎士となるフリト卿《きょう》や、専属侍女たちが待機していたはずだわ。

「セリス様に、ラン王国に永久の幸がありますように」

永久の幸……。

残念ながら、わたくしは数ヶ月後に身に覚えのない罪で捕縛されてしまうので、それは叶わないのだけれど。

そう考えを巡らせると、再び胸の奥に黒い感情が渦巻き、同時にやり切れなさが込み上げてきた。

そもそも、どうしてわたくしは、あのような悍《おぞ》ましい罪を負うことになったのだろうか。

不本意ながらほとんど詳細を知らないのだけれど、それではいけないわ。

ことの発端やいきさつなど、調べないといけないことは山積みね。

できればすぐにでも調べたいのだけれど、婚儀や晩餐会のある今日中には難しいのかもしれない。

加えて、カーラはまだわたくしの侍女ではなく、確か王宮務め自体もしていなかったはずだわ。

というのも、カーラが専属の侍女に就任するのは、今から約三ヶ月後のはずだったからだ。

カーラの実家のビュッフェ侯爵家から行儀見習いとして奉公に出され、侍女として仕えるようになるのだけれど……カーラのことは思い出しただけでも、嫌悪感が湧き出してくるわね……。

陛下とカーラが通じていたのはほぼ事実だったとして、それではそれは一体いつからなのかしら。

三ヶ月後にカーラが侍女に就いたとき？

それとももっと後か……まさか、すでに通じているということもあり得るのかもしれない。

もしそうだったとしたらますます許せないけれど、先ほども思案したとおりまだほとんど何も分からないことには変わりはないのだから、おそらく推測するのはまだ早いわね。

そう思案していると、介添人がわたくしのベールの裾を握ったのでそれを合図に立ち上がり、恐る恐る部屋の外へと踏み出した。

ああ、思えば眩《まばゆ》い光の先にあったこの部屋から、初めて自分の足で部屋の外に出るのだ。

胸の鼓動が高まってきたけれど、どこかまだ状況を把握しきれていない。

ここは本当に死後の世界なのだろうか？　そうなのだとしたら、一年前に経験した「婚儀の日」と同じことが起こっている理由が分からないし、腰に付けたコルセットが締め付ける感覚もあるし、様々なことがあまりにも現実味があるように感じる。

それに、どうやらわたくしだけが過去の記憶を持つようだけれど、それはなぜなのかしら……。

そう思いつつ、一歩一歩ゆっくりと確実に、ヒールでつまずかないように歩くと室外の景色が目前に広がった。

「セリス様、本日はおめでとうございます。私は、本日から貴方様の専属の近衛騎士として御身をお守りするお役目を賜りました、フリトと申します。以後、お見知りおきくださいませ」

フリト卿……懐かしいわ。再びあなたにも会える日がくるなんて……。

フリト卿は艶のある黒髪と大きな瞳が印象的な騎士で、立場上あまり私的な話をしたことはなかったのだけれど、彼はいつもわたくしの身を案じ率先して行動してくれた。

……捕縛されたときも彼はわたくしを守ろうとしてくれたのだけれど、結局罪状の出ていたわたくしを憲兵に対して引き渡さないでいることは不可能だった。

『妃殿下は無実です！　第一、純粋無垢な妃殿下が、そのような愚かな行いをされるわけがありません！』

たちまち心臓が跳ね上がってきた。

思えばわたくしを庇《かば》う言葉をかけてくれたのは、フリト卿とオリビアとティアだけなのだ。

思わず縋《すが》りつきたくなったけれど、どこか言葉に引っ掛かりを覚えた。

それが何なのかは判断がつかないけれど、きっとわたくし自身で気が付かないといけないことなのだと、漠然と思った。

「フリト卿ですね。これからよろしくお願いしますね」

正式な騎士の誓いではないので、彼は簡略的に片膝をついて、わたくしの目前で跪《ひざまず》き「セリス様に永劫《えいごう》の栄光を」と言ってから傍についた。

「御意《ぎょい》」

こうして、わたくしは何かの引っかかりを感じながらも、フリト卿の他に五名の侍女、両親やミトス、数名の介添人と共に、目前の廊下の先にある王室礼拝堂へと向かったのだった。


五分ほどかけて礼拝堂へと辿《たど》り着くと、花嫁と近親者のみが通される出入り口の横に設けられた一室へと、予め待機していた修道女の案内により入室した。

その部屋は簡素だけれど、中央に設けられたテーブルには白い薔薇《ばら》が同じく白の花瓶に生けられていて、わたくしの心を和ませてくれた。

すでに入室していた陛下は、こちらを一瞥《いちべつ》すると出入口まで歩を進め礼拝堂へと移動した。

その表情は特に普段と変わりがないように見える。

「セリスお嬢様。お時間でございます」

……いよいよね。「お嬢様」と周囲から呼ばれるのもこれが最後だわ。

というのも我が国ラン王国では、神の前で結婚の誓いを交わした時点から夫婦として認められるからだ。

「分かりました」

小さく深呼吸をするとまるで思考が透明になったように感じ、わたくしは意を決して立ち上がり、すでに開かれていた扉の先へと一歩を踏み出した。

視界の先には真っ赤な絨毯《じゅうたん》が敷かれ控えめに目線を上げてみると、聖母が描かれた見事なステンドグラスが目に入った。

ああ、やはりこの光景にも見覚えがある。徹頭徹尾最初の婚儀のときと同じだわ。そして、絨毯の先には……。

ドレスの裾を踏みつけて転ぶなどという失態を、両脇の席に座り傍観している各国からの主賓や我が国の貴族に見せることなどなきよう、白い薔薇のブーケを手に持ち、ゆっくりと一歩一歩を確実に踏み締めた。

その際、わたくしのベールの裾を、介添人がしっかりと握り歩みを合わせてくれている。

加えて、前方を向き表情を崩さないように心がけながら、胸の鼓動の高鳴りを何とか抑えた。

そして、主祭壇の真下まで歩み進めるとゆっくりと立ち止まり、すでに姿勢を正してお立ちの陛下に対し、自然な間をとって並んだ。

正直なところ、以前と違って幸福感など全くなく、なぜ、陛下と婚儀などを行わなければならないのかというドス黒い感情が沸き立ってくる。

けれど、表情に出したら婚儀が台無しになってしまうわ。たとえ今が死後の世界なのか現実なのか判断がつかない状況とはいえ、軽はずみな行動をすることはできないと直感した。

「我がラン王国国王、アルベルト・エメ＝フランツ陛下。貴方様は今、バレ公爵家のご令嬢であられるセリス・バレ様を妻とし、神の導きによって夫婦になろうとしています。汝、健やかなるときも病めるときも喜びのときも悲しみのときも、これを愛し敬い共に助け合いその命ある限り、真心を尽くすと誓いますか」

「はい、誓います」

陛下のその低く響き渡る声は戸惑うところは一切なく、神聖な礼拝堂中にまるで真冬の朝のような洗練さを連想させた。

けれど、わたくしの心の靄は深く、例え透明で清廉な声でも晴らせそうにない。

――嘘つき。あなたはわたくしを見限り、別の女性を選んだくせに……！

「バレ公爵家のご令嬢であられるセリス・バレ様。貴方様は今、我がラン王国国王、アルベルト・エメ＝フランツ陛下を夫とし、神の導きによって夫婦になろうとしています。汝、……真心を尽くすと誓いますか」

心臓が跳ねた。嘘を言いたくはない。

……けれど、本心を口に出すには、今現在自分の置かれている状況が非常に不利なことは否めず、それは憚《はばか》られた。

「……誓います」

これまで張り詰めたような面持ちで誓約の言葉を読み上げていた神父様の表情が少し和らぎ、神父様は主祭壇の上からリングピローを取り出した。

「それでは、両者指輪の交換をお願いいたします」

スッと、陛下がわたくしの方を向いたので、わたくしも自然に陛下の方を向くと、鼓動が再び高鳴っていく。

先ほどお会いしたばかりなのに、おそらく、陛下がわたくしの目の前にいるということ自体が稀有《けう》なことなので慣れないから、このように身体に現れるのでしょうね。

ゆっくり自身の左手の甲を差し出すと、陛下がその手を伸ばして、受け取っていた結婚指輪を左手の薬指に嵌《は》めた。

ああ、嵌められてしまった……。

指輪には控えめに細かな装飾が施されており、以前のわたくしはとてもこの指輪が好きだった。

だから、こんなにも心に暗雲が立ち込めることになるとは、思いもよらなかった。

ともかく、この流れを断ち切るわけにもいかないので、わたくしも指輪を受け取ると、すでに差し出されている陛下の大きな左手に両手で触れて、ゆっくりと薬指に嵌めていく。

嵌め終わったあとに何気なく顔を上げてみると、この礼拝堂で顔を合わせてから初めて陛下と視線が合った。

その目は普段通り無表情だと思いすぐに目を逸らそうとしたけれど、少しだけ和らいで見えたので思わず目が離せなくなった。

「それでは、新郎様には新婦様のベールを上げていただきますようお願い申し上げます」

その言葉を合図に陛下が近づき、わたくしは反射的に膝を少し折り曲げて、ベールアップを行いやすいように腰を屈めた。ただ、陛下は長身な方《かた》だし、わたくしは元々背丈が低い方なのであまり屈み過ぎないように注意を払う。

陛下は両手でベールの裾を持ち、それをわたくしの額まで上げた。

視界がクリアになり、より陛下の表情を読み取ることができるようになったけれど、すでに普段通りの無表情に戻られていて眼光は鋭く、思わずぞくりと背中に冷たいものが過《よぎ》った。

……ああ、先ほどの柔らかい表情はきっと見誤りだったのだ。

「それでは、誓いのキスを」

冷や汗が止まらなかった。

確か以前は手の甲に口付けるのみだったから、今日もきっとそうね。これが終われば、もうすぐ式自体も終わるわ。

内心、式が終わったあとのことを考えながら右手を差し出していると、不意に陛下の顔が近づいてきてその唇がわたくしの額に優しく触れた。

瞬間、今まで静かに見守っていた来賓や貴族から感嘆の声が漏れる。

なぜ、……今までほとんどわたくしに進んで触れようともしなかった陛下が、公衆の面前でこのようなことをされたのだろう。

——何よりも、どうして前回と陛下の行動が変わってしまったのか。

混乱しているわたくしに気づいているのかは分からないけれど、陛下はそっとわたくしから離れると口角を上げげた。

つまり、微《かす》かだけど笑んだのだ。

わたくしは、その衝撃を受け止めるだけで精一杯で、何より背筋も凍りついたけれど、何とか微笑み返した。

けれど、きっとその顔は引きつっていたと思う。

陛下が微かに微笑んだと認識した矢先、すぐさま主祭壇の方へ向きを直したので、わたくしも陛下に続いて神父様の方へ身体を向き直した。

神父様は小さく頷いて、今度は書類を差し出した。

「それでは、結婚誓約書にそれぞれサインをお願いいたします」

差し出された誓約書に腕を伸ばすと、ふわりとペン立てから羽根ペンが浮き上がり、わたくしの右手に収まった。

これは羽根ペン自体に、予め「浮遊魔術」がかけられた魔石が埋め込まれているためなのだけれど、この羽根がまるで意志を持っているようで不思議な気持ちになる。

加えて、字を書くこと自体が久しぶりなので、おぼつかない手つきでペンを走らせ、何とか自分の名前を書き終えた。

陛下の方をチラリと覗いてみると、すでに書き終えたのか誓約書を神父様に手渡すところだった。

我が国では王族の婚姻も「クロノス教会」管轄。教会が認めなければ婚姻を結ぶことができない。

なので、この誓約書はわたくしたちの婚姻に関する正式な提出書類となるのだ。

――もう、これで引き返すことはできない。

「私はお二人の結婚が成立したことを宣言いたします」

ああ、とうとう宣言されてしまった。

いくら微かに笑まれたといっても、陛下が陛下たることに変わりはなく、わたくしが陛下に心を開くことはこれからもないわ。

そう改めて固く決意しながら、神父様の穏和な表情を眺めていると、神父様は再び小さく頷いた。

「それではこれから、たった今王妃とおなりになられましたセリス王妃殿下の戴冠式を行わせていただきます」

戴冠式。

……そうだわ。わたくしは結婚と同時に王妃となるのだから、結婚式のあとに戴冠式が執り行われることとなっているのだ。

別の日程で行う国もあるのかもしれないけれど、今回の場合は確かクロノス教会の強い意向で決定したと聞いた。

「それでは陛下」

陛下は頷くと、神父様からティアラを両手で慎重に受け取った。

そして傍で控えていた侍女がわたくしの足元付近にクッションを敷き、それを合図に反射的にわたくしはその場で跪く。

「そなたが、よき王妃であらんことを」

「ありがたき幸せにございます。王妃としての責務を全うしたく存じます」

陛下がわたくしの頭部にティアラを載せると、幾つもの宝石が煌《きらめ》くそれはズシリと重かった。

このティアラを、再び身につけることができる日がくるとは思わなかったわ。

たちまち参列者から拍手が起こり、礼拝堂中にその音が響き渡る。

——王妃としての責務……。

過去のわたくしは、王妃として責務を全うすることができていたのだろうか……。

何より、これから陛下にはぞんざいに扱われ、カーラには貶《おとし》められる未来が待っているのだ。

王妃としての務めを全うして生きるには、その未来とも対峙《たいじ》していかなければならない。

絶対に同じ轍《てつ》は踏まない。

差し出された陛下の腕に自分の腕を絡ませ、今度は二人で赤い絨毯の上をゆっくりと歩いて行く。

緊張してきたわ……。不本意ながら、わたくしの腕を陛下の腕に絡みつかせていること自体に怒濤《どとう》の勢いで嫌悪感が襲ってきて、心臓が持ちそうにない。

出入口の扉までの距離が、先ほどよりもとても長く感じられた。

心の中で、陛下の足でも踏んづけてやろうかしらと半ば自棄になりそうになりながら歩いていると、突然冷たく刺すような視線を前方から感じた。

身体が硬直し立ち止まりそうになるけれど、それをしてしまえば式自体が台無しになる可能性があるから、すんでのところで堪《こら》えた。

この不愉快な感覚は……そうだわ。つい先日のあの気配と同一のものに違いない。だとすると視線の先の前方、右手側に……案の定座っていた。

蒼《あお》が基調のドレスを身につけた漆黒の髪の女性――カーラが鋭い目つきでこちらを凝視している。

思わず心が叫び出しそうになり、目を逸らした。

カーラに対して、嫌悪感よりもまず、恐怖心が湧き上がってくる。

恐《こわ》い、悍《おぞ》ましい、今すぐここから逃げ出したい。

――面会室で目の当たりにした、あの邪悪な笑顔。

その光景が過ると心が折れてこの場で蹲《うずくま》りたくなり、いつの間にか歩みを止めてしまっていた。

歩みを止めたあとに自分が大変な過失をおかしてしまったことに気がつき、瞬く間に血の気が引いていく。

カーラと目が合うと、彼女は目を見開き口角を上げていた。

頭が真っ白になり、身体が小刻みに震えてくる。

周囲の参列者たちからは今のところまだ反応はないけれど、このままでは会場内が騒然とするのも時間の問題だと思われる。

……ああ、どうすれば……。

「あと僅《わず》かだ。呼吸を整えて、私が三つ数えたら再び歩き出すぞ」

陛下は、そっとわたくしだけに聞こえるように囁《ささや》いた。

頭にまだ鈍い感覚が残るのだけれど、どうにか頷き深呼吸をすると、陛下は変わらず視線は扉の方を向いたまま小さな声で三つ数え始める。

「……三、二、一」

その声を合図に、わたくしたちは再び歩き出した。先ほどよりも心なしか速度が落ちているように感じ、今のわたくしにはとてもありがたかった。

加えて深呼吸をしたからか、カーラから感じる邪悪な気配のことは気にならなくなり、どうにか扉の前まで辿《たど》り着き、両扉が開くと礼拝堂の外へと出ることができた。

無事に室外に出られたので安堵したけれど、自分のしでかしてしまったことが過ると、すぐさま陛下に対して向き直して頭を下げた。

「大変申し訳ございませんでした」

わたくしは陛下に対して侮蔑の目を向けるばかりで、陛下の機転がなければ自分の過失で婚儀を台無しにしてしまうところだったのだ。自分自身に対して不甲斐なく思う。

「周囲に対して決して一分の隙も見せるな。我々を狙っている者が、いつどこにいるのか分からないのだからな」

その言葉はわたくしの胸の深いところに染み渡った。

ああ、陛下は常に周囲に敵が潜んでいると想定し動いているのね。それでは気が休まるときはあるのだろうか……。

「はい、承知いたしました。今回のことを強く肝に銘じて、慎重に行動して参ります」

「……ならばよい」

陛下は、頭を下げたままでいるわたくしからそっと離れて、顔を上げるようにと仰《おつしや》った。

「これから各国の要人を迎えるが、……大事ないか」

「はい。陛下のお力添えをいただきましたので、落ち着いて参りました」

「……そうか」

陛下は背を向け、そのまま五名の近衛騎士らと共に廊下を進まれた。

あちらの方向はご自身の控え室があるので、おそらくご準備の為にお戻りになられたのだわ。

わたくしもすでに廊下に控えていたオリビアや他の侍女、加えてフリト卿を始めとした近衛騎士らと共に先ほどの道を通って控え室へと戻った。

控え室に戻ると、今度はお披露目の準備を行うために前もって三名の王妃専属侍女がすでに準備を済ませて待機していた。

「王妃殿下。本日はご結婚及び、ご即位おめでとうございます。それでは、僭越《せんえつ》ながらこれからお披露目に向けてのご準備をさせていただきとうございます」

「ありがとう。それではよろしく頼みますね」

「かしこまりました」

上等なお仕着せを身につけた侍女頭のティアが恭しく辞儀をしたあと、わたくしを姿見の前に立つよう促した。

ティア……。あなたにもどれほど会いたかったことか……。

オリビアは水色の髪でティアは銀髪。二人が並ぶとよく髪が映えて見え、わたくしは以前それがとても好ましいと思っていた。

ドレッサーの前に置かれた長椅子に腰掛けると、すぐさまティアが化粧を直す為に化粧用のコットンで肌を軽く拭き取り、パフで粉をのせはじめる。

「先ほどまでこちらの魔宝鏡《まほう》で式の様子を拝見しておりましたが、とても素敵な式でしたね。わたくし、お二人のお姿に終始目が離せませんでしたが、特に誓いのキスの際は、ロマンティックで思わず感嘆の声を漏らしました」

ティアは本心からそう思っているらしく、輝く瞳で揚々と先ほどの感想を教えてくれた。

補足すると魔宝鏡とは、鏡に特殊な魔術をかけた石を装着し同様の魔石を加えた撮影機で撮影した映像を映し出す「魔宝具」の一つで便利な道具なのだけれど、魔宝鏡に使用する魔石は純度の高い貴重な物なのでそのためあまり一般に普及しておらず、それは今後の課題でもあるのだ。

「……それは何よりです」

他に返す言葉が浮かばないのもあったけれど、婚儀のときのわたくしはなぜ陛下があんなことをなさったのか理解することができず、嫌悪感を抱いたのだったわ。

それはあまりにも申し訳がなかったかしら……。

加えて陛下は先ほど礼拝堂でわたくしに対してご配慮とご助言をくださり、失態を犯したわたくしを非難することはなさらなかった。

思わず胸が温かくなってくるけれど、すぐさま、ズンと黒く深い感情が渦巻いてくる。

——わたくしに極刑の判決が下ったあの日、陛下はその腕にカーラのそれを絡ませることを許したのだ。加えて陛下は一度たりともわたくしの方を見ることなどなかったのだわ。

今の時点で、どこまでカーラが陛下に近づいているかは分からない。

けれど、これだけは確信できる。あの二人に心を許しては駄目だ。信用してはならない。

そもそも、わたくしが先ほどカーラに邪悪な視線を投げかけられたのは、陛下の妻となったことでカーラに嫉妬されたからなのでは。

元より先ほどの件自体、陛下が原因で起こったことなのだから、陛下に対して恩を感じることはないのだ。

わたくしはそう強く念じ、少々湧いていた陛下への感謝の想いをかき消すことにしたのだった。

化粧直しが終わり、ティアがそっと離れると丁度扉の外からノックの音が響いた。

「王妃殿下。そろそろお時間でございます」

再度意思を固めたから、このあと陛下とお会いしてももう陛下に情が移ることはない。

民衆の前に出ることが久方ぶりなのもあり緊張するけれど、王妃として初めて公の場に出るのだもの。

何よりも、民の顔をしっかりと見ておかなければ、きっと「王妃としての責務」を本当の意味で全うすることができないのではと、直感が過った。

「分かりました。そろそろ参りましょう」

「かしこまりました」

ティアや、他の二名の侍女たちが恭しくカーテシーをするのを合図に、わたくしはスッと立ち上がり、介添人がベールを持ったのを確認すると、ゆっくりと歩いて開かれた扉から再び室外へと出た。

室外にはすでに三名の近衛騎士が待ち受けており、共に王宮のバルコニーへと向かった。

これから行うお披露目には、確か観覧を希望し抽選で選ばれた王都民が招待されていたはずね。

……鼓動が高鳴ってきた。とても緊張する。

何しろわたくしの意識では、自分はつい先ほどまで閉鎖的な牢獄に見窄《みすぼ》らしい姿で生きていた存在なのだ。このような公の場に今更ながら出て行ってもよいものなのか……。

「万が一の事態に備えて、バルコニーには魔宝具での結界も張ってはありますが、私共も常に隙がないように待機するように心がけますので」

「……頼もしいですね。よろしく頼みます」

「御意」

隙がないように……。

先ほど陛下も同じことを仰っていたけれど、その御心は見習って、常に細心の注意を払って行動しなければ。


バルコニーの手前の廊下まで到着すると、すでに陛下は到着しており、わたくしに気が付かれると姿勢を正されたまま視線を逸らさずわたくしを眺めた。

「そなた、体調は如何か。顔色が優れないようであるし、披露目の時間を短縮することも可能だが」

「……お心遣いいただきましてありがとうございます。ただ、本日はとても体調はよいのです。どうか、国民と接する数少ない機会ですので、変わりなく参加させていただきたいと思います」

「そうか、分かった。何かあったらすぐに近くの者に伝えるように」

「はい。ありがとうございます」

今の言葉だけではなく、先ほどから心なしかわたくしを気遣ってくれているように感じるけれど、

……思い違い、よね。

そうよ、あの陛下がわたくしを気遣われるわけがないのだ。

予《かね》てから、陛下はわたくしがどんなに具合を悪くしても気に留めることはなかったのだから。

「本日は、誠におめでとうございます」

「王太后様」

陛下のお母様のソフィー様が優雅にわたくしの前まで歩み寄られた。

銀色のスレンダードレスがとてもよくお似合いで、美しい銀髪と藍色の瞳がより映え、穏和な表情にそのお人柄が現れている。

ソフィー様は先代国王の王妃であられ、長年にわたり国母と民から慕われている立派なお方だわ。

一年ほど前に前国王様が崩御し、当時王太子だった陛下が即位なされたからその際に王太后になられたけれど、今でも王太后様をお慕いしている民は多い。

「ありがとうございます。不束者《ふつつかもの》ですが、どうぞよろしくお願いいたします」

先ほどの婚儀の席にも当然参列なされていたが、ご挨拶をする暇《いとま》はなく歯痒《がゆ》い思いをしたのだけれど、こうしてご挨拶ができて本当によかった。

「義姉上《あねうえ》。本日はおめでとうございます」

「……レオニール殿下。ありがとうございます。お心遣いに痛み入ります」

「いやいや、今日から王妃となられたのですから、僕に敬称は不要ですよ」

「いいえ、そうはいきませんわ。……これからも、殿下と呼ばせていただきますね」

「殿下か。何だかむず痒いな」

無邪気に笑ったレオニール殿下は気さくな方で、ソフィー様と同様の銀髪に涼しげな目元が印象的な方だ。

年齢は確か二十二歳で、年下のわたくしにも普段から気さくに話しかけてくださった。付け加えると陛下は二十五歳ね……。

普段から無表情で何を考えているのか読みづらい陛下とは違い、殿下は幼き頃からわたくしとよく一緒に遊んだものだった。

王太后様と殿下がいらしてくれたから、わたくしの王妃生活は決して寂しいばかりではなかった。

ただ、お二方ともお立場があるからか、獄中のわたくしには直接面会には来られなかったのだけれど、王太后様からは一度励ましのお手紙をいただいたわ。

あのお手紙が、どれだけ心の支えになったか……。

「それではお時間になりましたので、国民へのお披露目を始めたいと思います」

侍従から声を掛けられ、わたくしたちはその中央へゆっくりと歩みを進めた。また、前もって近衛騎士がバルコニーへ出て警備に当たっている。

わたくしたち二人が外へ足を踏み出した途端、これまで固唾《かたず》を呑んで待っていたと思われる民たちが一斉に歓声を上げた。

……ああ、懐かしい……。

目前には、中央に蘭の花が象《かたど》られた国旗を我が国の民が思い思いに振っている。皆わたくしたちの結婚を、わたくしの即位を祝ってくれているのね。

以前はそれがどこか当然のように思っていたけれど、今は知っている。それがどれほど特別なことなのか。

思わず涙が溢《あふ》れそうになるけれど、必死に堪《こら》えた。

今涙を流してはいけない。

先ほどの陛下の言葉のように、人に対して隙を見せてはいけないのだ。

「国王陛下、王妃殿下、ご結婚おめでとうございます!!」

「ラン王国に永遠の栄光あれ!!」

「本日は本当にめでたい！　生きていてよかった！」

けれど、やはり民の姿を間近に見ると、感極まって再び涙が溢れそうになる。……気丈であらねば。

若い夫婦に子供たち、老夫婦に働き盛りの男性……。様々な民の姿を目に焼き付けていく。

それから、民に向かって笑みを浮かべ手を振っていると、ふと視線を感じた。

思わずその視線を辿ると陛下がわたくしを凝視している。どうしたのかしら……。

「あの、どうかいたしましたか？」

あまりにも見るものだから、思わず訊いてしまったわ……。

「……いや、そなたが民を熱き眼差しで見ていると思ってな」

「はい。わたくしたちが守るべき大切な愛しき民ですから」

「……そうだな」

陛下は小さく頷くと少しだけわたくしの方に寄り、民たちの顔をまるで胸に刻むようにしばらく眺め続けたのだった。


十九時頃。

窓の外に視線を移すと、現在は初夏なのでつい先ほどまではうっすら空は明るみを帯びていたけれど、今では暮れなずんだあとに闇に包まれている。

もっとも、近年我がラン王国における魔術技術の向上において、「魔宝具」と称される「魔石」を装着し魔術の心得がないものでも魔術の力を発動し使用をすることのできる器具が開発されたことにより、それまで蝋燭《ろうそく》の灯《あか》りを頼りに夜を過ごしていた生活は一変した。

よって、闇が支配するはずの夜中であっても、ガラス細工に光系統の魔術を施した魔宝具が天井に直接多数取り付けられているので、まるで昼間のような明るさで過ごすことができるのだ。

ただ、それはここ半世紀の間の発展であり、以前まで我が国はこのエルステア大陸で然程取り立てて目立った産業もなく、主に絹織物や農作物の貿易で生計を立てていた小国に過ぎなかった。

けれど、魔宝具を開発した技術者が我が国の王宮魔術師であったこと、加えて魔石の多くが我が国の鉱山から発掘されることもあり、我が国は魔宝具を製造する組織や工場等を整えると、瞬《また》く間に成長を遂げ近隣国に影響を及ぼすほどの列強国となっていった。

そのため、今日のわたくしたちの婚礼の儀や、これから行われる晩餐会には、大陸中の列強国の要人らが招待に応じ参加している。

「それでは、これからアルベルト・エメ＝フランツ陛下、セリス妃殿下の婚姻を祝し、晩餐会を行いたいと思います」

宰相であるわたくしの父バレ公爵が祝杯を右手に持つと、すでに立ち上がって待ち構えていた他の参加者らが一斉に祝杯を手にした。

わたくしたちは国民へのお披露目のあと、それぞれ控室へ戻り晩餐会用の衣装に着替えていた。

わたくしはシルバーが基調の、全体的に見事な薔薇の刺繍が施されたローブデコルテを身につけており、アルベルト陛下は燕尾服《テールコート》に衣装替えをしている。

先ほどまで身につけていた軍服とは随分印象が違うので思わず見惚《みと》れてしまったのだけれど、すぐに思い直し深呼吸をしてから改めて周囲の様子を眺めた。

そもそも、このお姿を見るのは初めてではないのに、どうもわたくしはまだどこか陛下に対して捨てきれていない情があるのかしら……。

王宮内の舞踏室に晩餐会用の支度をし、向かって中央の席にはわたくしたち二人の席が設けられており、それを挟むようにそれぞれ二列に縦長のテーブルが平行に置かれている。

いずれも純白のテーブルクロスが掛けられ、見事な白や真紅の花瓶に生けられた薔薇が等間隔に置かれている。美しいわ。

すでに目前にはナプキンや食器類が置かれ、わたくしたちの席の傍に座る方々——主賓である他国の使節の方々、我が国の主要貴族が交互にお互いを挟むように座っている。

他国の晩餐会ではどのようにしているのかは残念ながら分からないのだけれど、我が国の晩餐会では他国の使節の方を平等に——貴族の位の上下はあるけれど、お迎えするべくこのような席次になっていると妃教育の際に習ったわ。

「天の恵みに感謝いたします」

クロノス教会の大司教であられるルドフ様が祈りを捧げると、皆各々祈りを捧げ始める。もちろん、わたくしも両手を組んで祈りを捧げた。

食前に祈りを捧げること自体は、牢獄の中でも変わらず行っていたことだった。

こうしてお祈りを捧げると、心が洗われるようね。

普段の晩餐の席で神父様がお祈りを捧げることはなくこれは貴重な機会なので、わたくしはより強く享受できる糧について感謝を捧げるべく念入りに手を合わせたのだった。

晩餐会が始まると、給仕たちが各参加者の席を回ってグラスに祝酒《いわいざけ》を注ぎ、次に少々間を置いてからアミューズのパンナコッタが載ったお皿を置いていった。

……ああ、食事だわ……！

投獄中に朝と夕に出された硬くて冷たくてパサパサしていて口内の全水分を持っていかれるあのパンではなくて、夢にまで見た栄養豊富で見た目も美しい食事。

獄中では基本的にはパンのみで、五日に一度ほど、具は何もない塩気だけの冷たいスープがつけばよい方だった……。

感動で思わず涙が滲《にじ》んできたけれど、隣には貴族や来賓客を無表情で牽制しているアルベルト陛下が座っているし、ましてやそれこそ目前には弱みや隙を見せてはならない方々が大勢いる。

今ここで涙を流すなどという失態を演じるわけにはいかないわ。

なので、咄嗟《とっさ》に手持ちのハンカチを目尻に当てて必死に涙を隠した。

『両陛下におかれましては、本日は誠におめでとうございます』

向かって斜め左に座る白髪の男性が、わたくしと陛下に声を掛けた。その男性には見覚えがある。

確か、ロナ王国のゼナタ使節ね。ロナ王国の公用語であるロナ語でお話をされているわ。

『丁寧なご挨拶、痛み入ります。遠路はるばる恐縮に存じます』

『もったいないお言葉でございます』

穏和な表情を崩さず、通りのよい声で話されている使節に好感を抱いたわ。

ロナ王国はラン王国の隣国ドーカルの隣国であり、我が国にとっては近隣国であると同時に国交を結んでいる友好国でもある。

ただ、ドーカルのことを思い出すと一気に血の気が引いて心臓が早鐘のように打ち始めた。

わたくしが冤罪を被ることになったきっかけの国だからだ。

今日はドーカルの使節も来ているはずだけれど……。ここで何か情報を引き出せないだろうか。

わたくしはあくまで陛下を主体とし動かなければならない身であるから、以前は使節に自分から声を掛けることは身のほどを弁えなければと思い躊躇《ためら》っていた。

けれど、今はそんなことは言っていられないわ。

そう結論を下すと、引いていた血の気が少しずつ身体中に戻ってきたように感じる。

……さて、何と切り出したらよいのだろうか。

そもそも、今はロナ王国の使節に話し掛けるのだからロナ王国の話題がよいわよね。

ここで急に政治の話を持ち出すのも具合が悪いし、無難に含みがある話題ってないかしら。

そうだわ。ロナは海産物が豊富だからその方面の話題がよいかもしれない。

『ゼナタ使節。ロナ王国では海産物の資源が豊富で、国民の皆さんも海産物を多く食されると伺いました』

できるだけ柔らかに、表情を崩さないようにゆっくりロナ語で発した。

……あら？　使節の動きが止まっているわ。わたくしのロナ語は聞き取り辛かったのかしら。

思わず陛下の方に視線を移してみると、こちらを向いて唖然とされている。これは余計なことを言ってしまったのかもしれない。

『はい、左様でございます。恐れながら、妃殿下は非常にロナ語がご堪能でいらっしゃるのですね。わたくしは長年様々な国に赴き様々な方とお話しいたしましたが、ここまで完璧な発音をなさる方は中々いらっしゃいません。加えて、わたくしの名前を覚えていてくださり光栄でございます』

煌めく眼差しで称賛していただいたけれど、とりあえず失態を晒《さら》したのではなかったようなので、安心したわ。

妃《きさき》教育の一環でロナ語を習ったときは、講師に褒められたことはなかったので自信はなかったのだけれど。

チラリと陛下の方に視線を移してみると、何か言いたげな表情をしているようだった。

けれど、特に何も言わずに視線を使節の方に戻した。

『そうですね。我が国は資源が乏しく土壌も痩せているので、主に海産物を主要産業としております。確かに、ニザダイやクラム貝など魚介類に目がない民が多いですね』

とても楽しそうにお話しなさるのね。話題を切り出した身としても、非常にありがたいわ。

『そうですか。お話しを伺うことが叶い嬉しく思います』

『滅相もございません。わたくしも妃殿下とお話しすることが叶い、感無量でございます』

満面の笑みで再び称賛していただいたので、嬉しさと同時にむず痒《がゆ》くなってきた。

それを誤魔化そうと目の前のパンナコッタを食すると、なんて美味しいのかしら……！

濃厚な味わい、フルフルとした食感、このまま一緒にとろけてしまいそう。

フッと吹き出すような声がしたので咄嗟にその音の方を見てみると、陛下が……信じられないことに口元に手を当てて表情を和らげている。まさか、わたくしの様子を見て……吹き出したのかしら。

気をつけなくてはならないと思いながらも、わたくしはパンナコッタを完食したのだった。

その後、食事は滞りなく進み、待望のメインディッシュの牛ヒレステーキが運ばれてきた。

……正直、コルセットの締め付けがキツくて身体が悲鳴を上げているようにも感じるけれど、そんなことは問題じゃないわ……！

これまでは、使節の方と時折会話を交えながら食事をしてきたけれど、このメインディッシュはできれば黙して、じっくり味わって食したい。そして、声に出してその味を称賛したい……！

はやる気持ちを抑えながら、ナイフとフォークで丁寧に一口大に切り、ヒレステーキを口元に運ぶ。

ああ、赤ワインを使用したソースはこくがあって、牛ヒレ肉の旨味をより際立たせている。付け合わせのマッシュポテトもステーキと合っていて、わたくしの心を満たしてくれる……。

「実に美味そうに食すのだな」

隣の席に座っている陛下が、声を掛けてきた。

不意打ちだったので、思わず握っていたフォークとナイフをお皿の上に落としそうになった。

なんと答えるのが正解なのか。

本来なら、食事の際に表情を崩すなど王妃としてはあるまじき姿であり、謝罪しなければならないのかもしれないけれど、何も具体的に悪いことはしていないものね。

「はい。非常に美味なものですから」

「……そなたは兼ねてから少食で、ほとんど食事を摂らなかったはずだが」

そうだわ。以前のわたくしは何を食べても味を感じず、食事に対して楽しみを見出すこともなく、食べられるという行為自体がどれほど有難いことなのか理解することもできなかったのだ。

なぜ、あの頃のわたくしが食事の味がしなかったのかは今も分からないのだけれど。

――いいえ、きっと以前のわたくしは常に陛下や周囲に合わせて気を張って生きていたから、その皺《しわ》寄せでどこか精神的な影響を受けていたのかもしれない。

それなのに、留置所での食事は味がしたのだから、皮肉なものね。

「食事の有難さに気がつくことができたのです。今、このような食事を摂ることができることがどれだけ有難いことなのか、食前に天の恵みに感謝することの真の意味も、わたくしは今まで理解をすることができていなかったのです」

言ってしまって、陛下の先ほどの質問と噛《か》み合っていないことに気がついた。

けれど、誤魔化したり謝罪をすることでもないと判断し、再び食事を摂ることにした。

フォークを握る手に視線を感じたのでその先を見てみると、陛下が憂いとも困惑とも見て取れる表情をしている。

「……そなたは、このところ随分と様子が変わったのだな」

ゾクリと背筋に冷たいものが走った。

食事も美味しいし、けれどコルセットの食い込みもきついわ。

流石《さすが》に今はここが夢の世界だとは思ってはいない。

だから、今わたくしが生きているこの場所や自分自身は現実であり、――時を遡《さかのぼ》って一年前に戻ったのだと認識した方がよいのだと思う。

なぜ時を遡ったのか、その原因は分からないのだけれど……。

そうだとすると、わたくしはこの一年の間に様々な……地獄を見てきたから、その分以前とは、考え方や立ち居振舞いが違うのかもしれない。

けれど、陛下からしてみたら以前にわたくしと会ったのは今から数日前のはずだから、様子が違うと訝しく思うのも無理がないわ。

「本日から陛下の伴侶として、王妃としてこの国のために生きていくのですから、心構えを変えないといけないと自戒したのです」

「……そうか」

わたくしの説明に納得されたのかは分からないけれど、陛下は頷いて前方に視線を戻された。

続いて視線を前方に移すと、皆それぞれに食事をしたり思い思いに会話をしていた。

わたくしが気を遣って話題を振らなくても自然と皆の会話は進む。

以前はそれが少し寂しいと思ったのだけれど、今はそれが不思議と心地よいのだ。

獄中での食事の時間は、一人でパンをかじっていたので周囲に食事している人がいることに今更ながら違和感を覚えるけれど、同時に心が震えてくる。

わたくしは、食事の有難みにも気がつくことができたけれど、周囲に人がいてくれることの心地よさにも気がつくことができたのかもしれないと思った。

デザートが終わり、食後の紅茶が提供されるとまるでそれが合図の如く、わたくしたちの席から遠く離れた席の招待客が次々にわたくしたちの傍へと移動し挨拶した。

「両陛下にご挨拶申し上げます。本日は誠におめでとうございます」

「丁寧な挨拶痛み入る」

「本日はお越しくださりまして、ありがとうございます」

わたくしたちはその度に、相手の目を見ながら挨拶を返していた。

それがしばらく続いたところで、不意に鋭い視線を目前に感じる。

思わず目線をその先に移すと——そこにはカーラが立っていた。

「両陛下にご挨拶申し上げます」

カーラが……いる。わたくしの目前に、うっすらと笑みを浮かべた表情で立っている。

——今すぐここから逃げ出したい。

けれど、この状況でそんなことができる訳もなく、鈍る思考に体温が下がっていく身体、全身に受ける負の気配にわたくしは打ちひしがれながら、何とか座姿勢を保つので精一杯だった。

「両陛下。ご存じかと存じますが、若輩者ながら我がビュッフェ家から長女のカーラを王妃殿下の専属侍女として九月頃からそちらに奉公に出させる予定ですので、何卒一つよろしくお願いいたします」

ビュッフェ侯爵は曇りのない表情で頭を下げ、陛下は静かに頷いた。

カーラが行儀見習いとしてわたくしの侍女になることはもちろん知っている。何しろわたくしは、その後カーラにまんまと嵌められ失墜するのだから。

『ご機嫌よう、お飾り王妃様。安寧をお祈りしております』

——恐い。

どうしても、留置所の面会室で目の当たりにしたカーラの邪悪な笑顔が脳裏を過ってしまって、彼女を冷静に見ることなどできそうにない。

そうよ。すでに陛下と通じている可能性もあるのだ。陛下とカーラの視線を見るのが恐ろしい。

もし二人が秘密裏に視線を介して心情の交流などをしていたら、それを目の当たりにしてしまったとしたら、……そのときは、不快感と恐怖心に押し潰されてしまうだろう。

「妃殿下、今後ともどうぞお見知り置きを」

カーラが、わたくしに対して話し掛けた。一見すると温和で無害な表情のように感じるけれど、その実、瞳の奥が全く笑っていないことをわたくしは知っている。

短くてもよいから言葉を返さなければならないのだけれど、恐怖心から身体が震えて声が出ない。

すでに数秒が過ぎてしまっている。何か答えなくてはならないのに、駄目だわ、できそうにない。

「我が王妃であれば、ビュッフェ家侯爵令嬢をその広い見聞で導くことができるだろう」

陛下の声が響いた。まさか、わたくしのことを、助けてくださった……のかしら……。

「……よろしく頼みますね」

「はい、精一杯努めさせていただきます」

何とか絞り出すと、すかさずカーラは綺麗な姿勢でカーテシーをし、そのまま背後を見せずにビュッフェ侯爵と共に自席へと戻った。

カーラの表情は変わらないけれど、その目は迫力を増して口元も固く結んだように感じた。

ひょっとして、先ほどの陛下の言動によって心が穏やかではいられなくなったのかしら……。

とても自力で乗り切れたとは思えないけれど、脱力してしまい一気に疲労感が襲ってきた。

いけない。気を張らないと、このままこの場で倒れ込んでしまいそう……。

思えばカーラが礼拝堂にいた時点で、晩餐会にも招待されていると気がつくべきだったのだ。

そもそも、前回も同じ流れでビュッフェ侯爵はカーラと共に挨拶に来たのに、どうしてそれを失念していたのだろうか。もっと警戒しなければならなかったのに。……ただ、先ほど礼拝堂で感じたあの黒く冷たい視線はなかった。だから、どこか安心していたところもあるのだ。

自責の念に駆られていると、晩餐会は閉会の運びとなっていて、大勢の出席者の拍手に見送られながらわたくしたちは会場から退室した。

何とか廊下まで戻ると、一気に脱力感が襲ってきて倒れそうになった――けれど咄嗟《とっさ》に陛下がわたくしの腕を取り、身体を抱え込む形で支えてくださったので、床に身体を打ちつけることは免れた。

失態をしてしまったわ。お咎《とが》めを受けてしまう……。

「大事はないか？　疲れているのだな」

身構え恐る恐る目を開けると、陛下が右腕を軽く上げ従者を呼んでいた。

「直ちに王妃を私室へ連れて行く」

「かしこまりました」

瞬間、身体全体が逞《たくま》しい腕に抱え上げられ不意に床から足が離れた。

「ゆっくり休むとよい。今日はよく最後まで頑張ってくれた」

夢心地で聞いていたけれど、今まで陛下に掛けていただいた言葉の中で、一番心がこもっているように感じた。

第三章　ペンダントの謎

Nidome no jinsei deha Okazari Ouhi ni Narimasen!

暖かな日差しに包まれた王宮内の中庭で、蹲って泣いている少女がいた。

少女は、三つ編みにしたブロンドの髪を後ろで束ね、白い小花が幾つも象《かたど》られたバレッタを付けており、レースが施された紫色のドレスに身を包んでいる。

なぜだろう、彼女のことがとても懐かしい。

なぜ、あなたは泣いているの？　酷く胸が苦しくなる……。

『大丈夫か？』

黒髪のスラリと背の高い少年が少女に対して手を差し伸ばした。その手には絹のハンカチと一緒に、白い薔薇《ばら》が一輪握られている。

震えていた彼女の身体は次第に落ち着きを取り戻し、少年からハンカチと白い薔薇を受け取った。

『ありがとう』

そう言って微笑み、涙を拭く少女に対して、少年は自身もその場に座り彼女の背中をさすってあげたのだった。

ああ、思い出した。これは……。

◇

気がつくと薄暗い部屋の中にいた。

ぼんやりと何も考えずにもう一度瞼を閉じると、どこからか小鳥のさえずりが聞こえてきた。

ということは、今はもう朝なのかしら?

そういえば、普段よりも断然枕の感触が柔らかいような気がするし、寝台《ベッド》の感触もとても心地がよいように感じる。

重たい身体を何とか起こして周囲を見渡してみると、頭上に見慣れない天蓋《てんがい》が見えた。

わたくしは、どうやら今までこの寝台で寝ていたようだけれど、ここは一体どこだったかしら……。

普段は、冷たい牢獄の中に置かれた硬い簡易的な寝台の上で、申し訳程度の薄い毛布にくるまって寝ているから環境の変化に追いつけないでいる。

とはいえ、目が冴えてもう一度眠る気にもなれないし、そうなると身支度をしなければならない。

獄中でしていたように、起き上がって自分自身で身支度を行えばよいのだけれど、身体が思ったよりも重たくて寝台から出ることさえできそうにないのだ。

加えて、頭も重くて中々思考することができず、やはりもう一度横になろうかと思うと、ふと目線の先に金色のベルが置いてあることに気がついた。

「ああ、よかった」

安堵の息を吐き、寝台のサイドテーブルに置かれた「魔宝具《まほうぐ》のベル」を手に取り鳴らした。

たちまち、チリンという心地よい音が周囲に響き渡る。

このベルを鳴らすと、ベルの「受信機」を置いてある部屋に受信機のベルの音が鳴り響き、発信者に所用があることを知らせてくれるのだ。

一分も経たない内に、トントン、と扉からノックの音が聞こえた。

「おはようございます、妃殿下。入室してもよろしいでしょうか」

「はい、構いません」

静かに扉が開かれ、速やかに部屋中のカーテンを開けて回る侍女と、こちらの方に向かって来た侍女と合わせて二名の侍女が入室した。

こちらに向かって来た侍女の名前は、そう、マリアだったわね。

「改めておはようございます、妃殿下。及び、心よりご結婚のご祝福を申し上げます。わたくしは、マリア・ルスと申します。これからどうぞよろしくお願いいたします」

結婚……。そうだわ、わたくしは昨日アルベルト陛下と婚儀を行ったのだわ。わたくしにとっては、二度目の婚儀なのだけれど……。

本来なら、昨夜は初夜の儀だったのだろうけれど、見たところ陛下はいらっしゃらないようだし、そもそも晩餐会が終わってからの記憶がほとんどないのよね……。

「マリア、こちらこそよろしくお願いしますね」

「はい。ご体調は如何でございますか？」

「……会話をするのは問題ありませんが、まだ身体が重たくて、実のところベッドから起き上がることも難しいようです」

「左様でございますか。昨夜は大変お疲れのようでしたから、わたくし共も皆心配いたしておりました。すぐに朝食とお医者様の手配をいたします」

「ありがとう。……不甲斐ないのだけれど、わたくし昨夜の記憶がほとんどなくて。こちらにはどのようにして移動したのかしら」

マリアは少し表情を和らげ、微笑みながら答えた。

「昨夜は、陛下御自ら妃殿下をこちらの私室までお連れいただきまして、その後、わたくし共がお世話させていただいた次第です」

……陛下が、御自ら……？

急速に昨夜の感触が蘇ってくる。逞しい腕、鍛えられた胸、温かい体温、強い鼓動……。

そうだわ。不本意ながら、わたくしはそれを心地よいと思ってしまったのだ。

実のところ、前回の生ではほとんど寝所を共にすることもなく、初夜の儀ですら婚儀の一ヶ月後に行われたのだ。なので、わたくしは陛下の温もりをあまり知らない。だから、昨夜陛下がわたくしを抱えてこちらまでお連れくださったと聞いても、正直疑心暗鬼でいる。

「加えて、陛下からのご伝言も賜っております」

「陛下から……ご伝言？」

耳を疑ってしまった。あの陛下が、わたくしに……伝言？

「はい。こちらの書簡をお預かりしております」

未だに信じ難いけれど、恐る恐るその封筒を開けて便箋に書かれた文字を読んだ。

『しばらく公務のことは気にせず、ゆっくり休み快癒に努めるように』

公務のことは気にせず……？

わたくしの記憶の中の陛下は、「不調で公務を欠席することがなきよう、日頃から体調管理は気に掛けるように」と仰っていたはずだけれど、どうしたのかしら……。この伝言は本当に陛下からのものなのかと思ったのだけれど、筆跡が陛下の物なので間違いはなさそう。

「それでは妃殿下。わたくしは朝食を運んで参りますので、一度失礼いたします」

「はい、よろしく頼みますね」

マリアは一礼すると、速やかに退室した。

状況を把握しようと周囲を見回してみると、すでにもう一人の侍女の手で部屋中のカーテンが開けられ、換気をするためなのか所々窓が開けられている。頬に絡む風がとても心地がよい。

「妃殿下、おはようございます。これから簡易的ですが、身支度をさせていただきたいと思いますが、よろしいでしょうか」

思わず涙がこぼれそうになる。昨日からとても涙腺が緩いけれど、同時にそれは仕方がないとも思う。

何しろ彼女の仕事とはいえ、そのような心遣いを受けることは久方ぶりだし、特別なことだと知っているから。

「はい。よろしく頼みますね」

「かしこまりました」

柔らかな表情で頷き速やかに動き始めた侍女を見ていると、再び涙が滲んできて堪えるためにギュッと掌《てのひら》を握った。

もう一人の亜麻色の髪の侍女が、慣れた手つきでわたくしが身につけている絹のネグリジェのボタンをはずしていく。確か、名前はルイーズだったはずだわ。

「失礼いたします」

上半身が露わになると、布を人肌に温めたお湯に浸して絞り、それをわたくしの肌に優しく当てて寝汗を拭き取ってくれた。

本来の段取りであれば起床後は湯浴みを行うのだけれど、今は身体が重く寝台から起き上がるのも容易ではないので、このように清拭を行ってくれるのね。有難いわ。

拭き取りが終わったのとほぼ同時に、再びノックの音が響いた。

応答するとマリアがワゴンを押して入室し、手早く朝食の準備を行った。

「できるだけお口に優しいものを用意させていただきましたが、もし食事を摂るのがお苦しいようでしたら、ご無理をなさらずお残しくださいね」

食事を残す……。

「……ええ。お気遣いをいただき、ありがとう」

今のわたくしには、食事を残すことなどとてもできそうにないけれど、無理をして身体を壊してもよくないわね……。

となると、このようなときは食事の量を少なくしてもらうように、あらかじめ指示を出した方がよいのかもしれない。

マリアがワゴンからお皿を取り出しサイドテーブルに置くと、途端にチキンスープのよい香りが室内中に漂う。

ああ、香りを嗅ぐだけでも心を満たしてくれるわ。

目の前に並べられたのは、ポテトや色とりどりの根菜類が入ったチキンスープと、山羊《やぎ》の乳にバゲットを細かく千切って煮込んだパン粥《がゆ》、ベリーが添えられたヨーグルトだった。

どの料理も少量ずつにしてくれているので、とても食べやすそう。

心遣いが、思わず叫び出したくなりそうなほどに有難かった。

「とても美味しそうね。……このような糧を頂くことができて幸せです。感謝いたします」

気がついたら食前の祈りを自然に口に出していた。

きっと意識せず言えたのは、生まれて初めてだと思う。

祈りを捧げたあと、スプーンを握り、ゆっくりとチキンスープを口に運ぶ。……チキンの淡白な風味と、赤ナス《トマト》の酸味が調和していて、疲弊した身体に優しく染み入った。

そして、いつの間にか食事を苦に感じることもなく完食していた。

「ご馳走様でした」

終えると、今まで様子を眺めていたマリアが安堵したような表情で小さく息を吐いた。

「食欲がおありのご様子で、とても安心いたしました」

「美味しい食事でした。調理をしてくれた者にもよろしく伝えてくださいね」

マリアは思いも寄らない言葉を聞いたかのように、目を大きく見開いた。

「そのようなお優しい表情で、真心の込もったお言葉をいただけるとは……」

目頭に手を当てたあと、お仕着せのポケットからハンカチを取り出し改めて目元に当てた。

もしかして、わたくしの言葉に感動してもらえたのかしら。そうだとしたら……嬉しい……。

胸の奥の熱を感じながら、何とか涙をこらえた。


朝食後は侍医が来室し、聴診器での診察や現在の身体の状況の確認などの問診を受けた。

「おそらく、先日行われた婚儀や晩餐会に尽力なされたのでお疲れが出たのでしょう。しばらくご静養をなされば直《じき》に体調は戻られるかと思います」

侍医はライム先生と仰る女性で、身体の弱いわたくしは前回の生でも頻繁に侍医のお世話になっていた。この分ではこれからもお世話になりそうだわ。

思えばわたくしは幼き頃から身体が弱く、加えて、先日の婚儀のように大きな催事のあとは張り詰めていた糸が切れたかのように、必ず体調を崩しているのだ。

確か、前回の生の際も婚儀のあとはしばらく寝込んでいたはずだわ。

もっとも、あのときは今回のように陛下が御自らわたくしを私室に運ぶなんてことはなかったけれど。

体調を崩すことはどこか日常のことのように思っていたけれど、なぜか牢獄の中では今のように体調を崩して寝込むということはほとんどなかったように思う。

王宮や実家よりも、遥かに劣悪な環境だったのにどうしてかしら……。

「先生、ありがとうございました」

「お大事になさってくださいませ」

ライム侍医が退室したあとは人払いし、前もってサイドテーブルに運んでもらっていた鍵付きの日記帳と万年筆を手に取って、予てから行いたかった「確認作業」を行うことにした。

◇

そもそも、なぜわたくしは刑の執行日から一年も時を遡ったのかしら。

……それに、これまで接して来た人たちを見て察するに、どうやら時を遡って来たのはわたくしだけのようなのだ。

あの得体の知れないカーラでさえ前回の生での記憶を持っていないようだし、そうだとすると、様々な情報や知識が必要になってくるわね。

ともかく、今は現時点で把握していることを書きだしていかなくては。

まず、わたくしが捕縛された上に、極刑に処されることになってしまった事件は……駄目だわ。

思い出そうとすると吐き気を覚えて、それどころではなくなってしまう……。

この状態では芳《かんば》しくないので、ともかく別のことから思案していかなくては。

これから、わたくしは王妃として公務に当たることになるのだけれど、主な施策の策定は陛下や閣僚たちの間で行われるので、それらに対してわたくしが関与できることはなかった。

ただし、歴代の王妃の中には積極的に施策や政策に関わり、議会にも参加なさっていた方もいらしたようなので、通常議会は男性のみが出席を許されているのだけれど例外はあるようね。

とはいえ、わたくしはアルベルト陛下からほとんど政治や政策に関して意見を求められたことも発することを許されたことはないので、そういったことはほとんど与《あずか》り知らぬところだったのよね……。

もっとも、ラン王国の議会は一月から始まって通常であればこの時期の六月に終わり、今年も例年通りすでに閉会しているはずだわ。

だからこそ、わたくしたちの婚儀が昨日執り行われたという事情もあるのだ。

とりわけ、わたくしが関わっていた公務は、慰問や王都の広場での炊き出しといった慈善活動の参加が主だった。ただ、その公務も体調不良により行うことができないことも多く、そのため周囲から「お飾り王妃」だなんて揶揄《やゆ》されてしまったのだろうか。

実のところ、刑の前日にカーラからそう言われるもっと以前から、王族派ではない一部の貴族たちにお飾り王妃と囁かれ嘲笑されたことが何度もあった。

思い返してみると、あの頃のわたくしはそう言われてしまうのは公務を十分に行うことができないことも原因だと考えたけれど、陛下との間に子を授からないことも原因だと思っていた。

実際、王妃として世継ぎを産むことは大きな役目の一つでもあるから。

そういった事情もあり、以前は強く子を授かりたいと願ったけれど、今は……。

——脳裏にカーラが陛下の腕にその腕を絡ませている場面が過り、再び吐き気を覚えて何も考えられなくなった。……そうね。

きっと今はわたくしの方にも抵抗があるし、そもそも陛下自身がわたくしをご自身の私室に招くことも前回と同様ほとんどないだろうから、そういったこと自体もほとんど行われないのでしょうね。

ただ、陛下も世継ぎは必要でしょうから、全く招かれないということはないのだろうけれど……。

大体、たとえ子を成すことでお飾り王妃と呼ばれなくなるのだとしても、そもそも子はそんな身勝手な思惑のために授かるものじゃないわ。命を奪われる者の立場になって身をもって理解をした。

わたくしは周囲の意見に左右されて、いつの間にかそのような考えを持ってしまっていたのね。

世継ぎを産むことが何よりも先決だということは、幼き頃からずっと言い聞かせてこられたことではあるのだけれど、わたくしは人の言葉に流されるばかりで、果たして他に自分にできることを模索することができていたのかしら。非常に悔やまれる……。

……さて。改めて、貶められることになったときのことを思い返すことにしましょう。

ええ、先ほどよりは気分が悪くならなくなったわ。

『前王妃が、私欲を抑えきれず臣下と不貞をはたらき、共謀の上、魔術に関する機密情報を隣国ドーカルに売ったことは我が国史上大きな汚点です』

全く身に覚えがなかった。

恥を晒すようだけれど、前回はドーカル王国の使節とすらまともに会話したことがなかったのだ。

第一、魔術の機密情報自体は、王宮魔術師が王宮の敷地内に建てられた魔術師塔で厳重に管理していて、例え王妃といえども簡単に塔に出入りをすることはできないはずだわ。

それなのに、どうしてあのような罪を着せられてしまったのだろう。

いくら考えても思いもつかない。何か糸口はないかしら……。

『周囲に対して決して一分の隙も見せるな。我々を狙っている者が、いつどこにいるのか分からないのだからな』

瞬間、陛下の言葉が過った。

隙……狙っている者……。

そうだわ。あくまでも仮定ではあるのだけれど、カーラ自身が機密情報を持ち出していて、その事実の隠蔽のためにわたくしを利用した……とか。それが事実なら、なんと悍《おぞ》ましいのかしら……。

カーラが犯した罪を不当に被ってしまっただけではなく、極刑にまで処されるところだったのだから。

……そうだとしたら、カーラはどのようにわたくしにその罪を着せたのだろうか。

カーラはわたくしの侍女だったから、わたくしの情報を持ち出したり反対に何かを持ち込むことも可能だった……？

けれど、王宮の安全対策は万全のはずだから、わたくしの所持品一つ室外に持ち出そうとしたら、警備系統の魔宝具により数秒後に近衛騎士が駆けつけて来るはずなのだけれど……。

その方法は見当がつかないけれど、おそらく何かしらの方法が用いられたのでしょう。

その何かは、残念ながら今のわたくしには予想だにできないようなことなのかもしれないわ。

加えて、臣下と共謀したり不貞を働いたということだけど……これに関しては、……そうだわ。

以前に一度だけカーラがわたくしに公務のことで相談があると臣下の一人、確かフランツ政務官をわたくしのティーサロンに連れて来たのでしばらく会話したことがあったのだけれど……、まさかあれは罠だった……？

あのときはカーラも常に室内にいたし安心しきっていたけれど、それ自体が全て仕組まれたことであったのなら……。

——なぜ、それほどまで巧妙な手段を用いて、カーラはわたくしを陥れようとしたのだろうか。

その理由は分からないけれど、今確実に分かっていることは、わたくしには頼ることができる人や味方になってくれる人がほとんどいないということ。

カーラのことを調べあげ、あわよくば彼女を三ヶ月後にわたくしの侍女に就任させないように根回しをしてもらえるような味方がいればよいのだけれど、残念ながらいないのよね……。

わたくしのお父様に頼むのは、……先日の式の前に、あれだけ問題を起こすなと念を押されてしまったのだし難しいでしょうね。

お父様は元より厳格で何よりも面倒ごとを嫌う方《かた》だから。

第一、カーラの実家のビュッフェ侯爵家はわたくしの実家のバレ公爵家に匹敵するほど力を持っている家門なので、安易に異を唱えることができないのだ。

ここまでを細かく日記帳に筆記すると、頭が重たくなり身体も疲弊してきたので日記帳に鍵をかけて一度寝台《ベッド》に横になることにした。

しばらく横になると、気分が落ち着いてきたからか、ふとあることが過る。

「そうだわ。確か半月後に『王宮魔術師長の任命式』があるわ」

そう呟くと何か糸口が見えたように思い、気持ちが少しだけ軽くなった。

◇

「妃殿下。今朝は陛下から薔薇の花束が届きましたよ」

オリビアが意気揚々と目を輝かせ、白い薔薇が十数輪束ねられた花束を両腕に抱えて寝台で朝食をとっているわたくしの傍まで駆け寄った。

婚儀の日からすでに四日が過ぎ、周囲の献身的な看護もあって、わたくしの体調は少しずつ回復してきている。昨日からは、人の手を借りずに寝台から降りることができるようになり、湯浴《ゆあ》みも行えるようになった。

「昨日はガーベラの花束で、一昨日は薄紅色の薔薇の花束でしたね」

オリビアは嬉しそうに微笑んで、アルベルト陛下からだと書簡も手渡してくれたけれど、わたくしは今ひとつ心遣いを受け入れ、ましてや喜ぶことなどできそうにない。

何しろ、以前の陛下から結婚後に贈り物を頂くことはなかったのだ。

わたくしからは、それこそ庭園の花を毎日陛下の私室に飾るようにオリビアに伝えていたし、わたくしが刺した刺繍のハンカチを贈るなどしたのだけれど、思えばそれらに対して何か反応を返してくれたことはなかった。

本当に陛下からのものなのかと毎回疑問を抱きながら封筒を開けるのだけれど、やはり筆跡が陛下の物なのよね。今日は『快癒に向かっているようで、好ましく思う』と書いてあったけれど……。

陛下のお心遣いの真意を図りかね、どう受け取るものかと思慮しつつ、久方ぶりにゆったりと安心した時間を過ごすことができているとも思う。

ふと、オリビアが退室し静寂が訪れた室内を改めて見回してみた。

わたくしの私室はブラウンで統一された家具が置かれ、前回の生の際にはどれも気に入って大切に使用していた物だった。

窓から入る風はとても心地がよいし、陛下が贈ってくださった花々は美しくよい香りがする。

なんて安心ができて豊かな暮らしなのかしら。

しかし、目前にあの牢獄の一室が広がり密室で毒薬を飲んだ場面が過ると、わたくしの心はたちまち凍りついていく。

勘違いしてはいけない。この幸せは、仮初《かりそめ》のものなのかもしれないのだ。

そもそも、わたくしはこのような豊かな暮らしを享受する資格があるのかしら……。

――そうだわ。なぜ、あのときわたくしのペンダントは眩く光ったのだろうか。

刑の執行時の場面を思い出した途端、同時に今更ながら疑問も浮かんだ。

ペンダントが眩く光ってから、わたくしのみが時を遡った……？

あのペンダントは、今は亡きお祖母様から贈っていただいた物で、なぜか肌身離さず身につけるように強く言い含められた他には何の変哲もないペンダントだと思っていたのだけれど、……ペンダント自体に時を遡る力があるのかしら。

幼き頃から病弱だったわたくしを見かねて、お祖母様が肌身離さず身につけているようにと贈ってくださったのだけれど……。

今も身につけているそのペンダントを、服の上に取り出してかけたまま観察してみた。

それは、円形で無色の石がはめ込まれている小ぶりのシンプルな物で、わたくしの目には特に変哲もないただのペンダントに見えるわ。

子供の頃から、お父様からは魔術に触れないようにと強く言い含められていたこともあり、残念ながらわたくしは魔術に関してはほとんど見識がないから、どなたかにご助力を願いたいわね。

ただ、ことがことだけに迂闊《うかつ》に誰かに相談するわけにもいかないし、信用のおける「王宮魔術師」に依頼をしたいのだけれど……。

そうだわ。確か先の「王宮魔術師長の任命式」で、新王宮魔術師長に任命される魔術師に心当たりがあるわ。

前王宮魔術師長が急遽《きゅうきょ》更迭されることが決定し、代わりに「カイン・バルケリー」という現副王宮魔術師長が昇格して就任するはずなのだけれど、……正直言ってどの派閥にも属していないことや、他の僅かなことしか彼のことは知らないのよね。

そう、確か彼は幼き頃にバルケリー男爵家に養子に入っていて爵位を継ぐことになっているので、周囲からはバルケリー卿と呼ばれていたと記憶している。

思案していると突然扉からノックの音が鳴り響いたので、わたくしは思案を一旦やめて背筋を伸ばし応答することにした。

一呼吸置いて、オリビアのそよ風のような声が響いた。

「妃殿下、入室してもよろしいでしょうか」

「ええ、どうぞ」

「失礼いたします」

オリビアがワゴンを押してわたくしの近くまで寄り、サイドテーブルの上にティーカップを置いた。

「お茶をお持ちいたしました」

「ありがとう」

手慣れた手つきで茶器からティーカップに紅茶を注ぎ、たちまちよい香りが室内に広がっていく。

その香りに安心しつつ、紅茶を一口含むと思案して鈍った身体が少しほぐれたように感じた。

すると、ふとあることが脳裏を過り、瞬間オリビアの方に視線を向けた。

「そういえば、あなたはカイン・バルケリーと同郷だったわよね」

ワゴンから焼き菓子の載った皿を運ぶオリビアの動作が、ピタリと止まる。

「……ええ、そうですが、……彼がどうかしたのですか？」

普段は温厚で滅多に眉をひそめることのないオリビアが、明らかに不快そうな表情をしている。

「今度、王宮魔術師長に就任する予定の方だから、どのような人物なのかを些細なことでもよいので知っていたら教えて欲しいと思ったのだけれど、何かあるかしら」

「そう、ですね……」

ますます眉をひそめ、次第に眉間《みけん》に皺《しわ》も寄せてきた。

「バルケリー卿は幼き頃から神童と呼ばれ、わたくしの故郷オルーの街でその名を知らぬ者はおりませんでした」

「そうだったのね。頼もしい方が魔術師長になられるのは、とても喜ばしいことね」

「ええ……。ですがバルケリー卿はその、……変わり者としてもとても有名でした」

「変わり者？」

「はい。と言うのも、誰もいない部屋で不気味に高笑いをしたり、急に川に飛び込んだりしていましたから。そうそう、ある日農夫に便利な魔宝具があるといって鍬を贈ったのですが、それがすでに種蒔《ま》きを終えた田畑もお構いなしに耕し尽くすまで止まらないという、とんだ欠陥品だったのです」

それは予想以上に飛び抜けているわね……。あら？　それにしても。

「随分、バルケリー卿に関して詳しいのね。まるで見てきたかのように詳しいようだけれど、もしかして知り合いなのかしら？」

再び、オリビアの動きがピタリと止まった。

「……ええ。お互いの親同士に親交がありまして、腐れ縁なのです。もっともバルケリー卿は男爵家に養子に入っておりますので、正確には父と卿の養父とがですが。ただ、なぜかわたくしも昔から卿に絡まれ……いえ、親しくしていただきまして、それで色々と詳しくなってしまったのです」

「そうだったのね……」

「ただ、先ほどの話は互いにまだ十歳にもならない頃の話であって、バルケリー卿は歳を重ねるにつれて落ち着いていき、次第に口数の少ない青年になりましたが、どうもわたくしの卿に対しての印象は鮮烈だった幼き頃で止まっているのです」

「幼き頃の印象は強いわよね。それにオリビアは小学部から女学校へ入学しているし、その分バルケリー卿と関わる機会も減ったのではないかしら?」

「そうですね。ただ、バルケリー卿は魔術学園に入学し、わたくしも女学校へ入学してからは長期休暇等で年に一度会えればよいほうでしたが、手紙のやり取りは行っておりました」

「そう、親交はあったのね」

オリビアは、わたくしの出身地であるバレ領で商いも営んでいる子爵家の長女で、彼女が街の女学校を卒業したのを契機に公爵家のタウンハウスに奉公に出て、すぐにわたくしの侍女となったのだ。

なので、おそらくその話は女学校時代までのものだと思うのだけれど、オリビアにそんな過去があると知って何だか微笑ましい。そう思うと、枯れ果てていた心に潤いが与えられたように感じた。

「ひょっとして、バルケリー卿から婚約の申し込みを受けているのかしら?」

オリビアは一歩後ずさった。

「どうして分かったのですか?」

「何となく、勘かしら?」

他人の恋路の話って、どうにも胸が高鳴るのよね！　できればずっと聞いていたいわ。

「……一応、保留にしてもらっています。婚約を承諾したら、然るべき手順を踏んでじきに結婚しなくてはいけませんから」

「あら、あまり気乗りしないのね」

「そういうわけではないのですが。……当然、婚約自体は親同士で決めたことですし、わたくしはその頃セリス様付きの侍女になったばかりで、どうにも大きな問題……いえ、わたくしには身に余ることだと思いまして」

オリビアがバルケリー卿に対してどう思っているのかが、よく分かったわ。

「バルケリー卿とは、今も手紙のやり取り等はしているのかしら?」

オリビアは少々表情を和らげて、大きく頷いた。

「はい。頻繁に送ってくるので返事をするのも大変なのですが、内容自体は微笑ましいものですね」

そう言って少し微笑むオリビアを見ていたら、どうにもわたくしの中で何か恋愛の、というよりも人との接し方とでも言うのかしら。そういった手懸かりの一端が見えた気がした。

あれから、オリビアにバルケリー卿についての詳細を聞き、その話の限りでは卿は少々変わり者だけれど純真で不正を許さず、非常に能力の高い魔術師であるとの印象を抱いた。

そもそも、変わり者の一面は幼き頃の話であるし、オリビアが心を許している人物であれば心強いわ。卿にペンダントのことを手紙で訊ねてみようかしら。

「オリビア、実は卿に折り入って頼みたいことがあるのだけれど……」

もちかけようとした瞬間、あの言葉が脳裏に過ぎる。

『前王妃が、私欲を抑えきれず臣下と不貞をはたらき……』

途端に全身が凍りついたように感じた。

……そうだわ。わたくしは先日婚儀を済ませ、心情はともかく事実上はアルベルト陛下の妻なのだ。安易に他の殿方と、例えオリビアを介してだとしても接触するわけにはいかないわ。

それならば、ここは慎重にならなければ。

「できれば公式の場でお願いしたいのだけれど、何かよい案はあるかしら」

「そうですね。妃殿下はお立場がおありですから、その判断は妥当かと思います」

よかった。やはりそうよね。

「では、王宮魔術師長の任命式後に行われる昼食会で、ご相談をなさるのは如何でしょう」

「昼食会……」

正直に言って、あまり気が乗らないわ。

と言うのも、わたくしの記憶では昼食会は先日のように隣の席に陛下もいらっしゃるし、他の貴族も多く招かれており、とても込み入った会話をすることはできないだろうからだ。

けれど、卿を個人的に王宮に招くわけにもいかないし……。

「あまりその場では、会話ができないと思うの」

「確かに、ご体調が回復されたばかりですし、ご無理をなさらない方がよろしいのでその場は相応《ふさわ》しくはないのかもしれませんね」

体調……。

あら？　よく考えてみたら、この件はもう少し簡単に考えられるのではないかしら。

「……それならば、卿が就任したあとに正式に依頼を出したいのだけれど、どうかしら」

「そうですね、よいお考えかと思います。……ただ、そうであれば前もって陛下にお伝えをしておかれた方がよろしいかと思いますよ」

「陛下……」

そうよね。公に行動するためには避けて通れない道だわ。

王妃として確固たる信用がある立場ならともかく、まだ成り立ての何の実績もない状況ですもの。何かを行うときは独断では行えないわね。

「分かったわ。いずれ、いえ、近いうちに折を見てご相談させていただくわね」

新たな懸案事項ができてしまったような気がするけれど、ともかくオリビアに相談することができたので心が軽くなったように感じるわ。……ただ。

以前にも思考したけれど、カーラがあと三ヶ月以内にわたくしの侍女に就任してしまうのだ。

どうすればよいのか案を練りたいけれど、未だに考えるだけで思考が停止してしまい、あまりよい考えが浮かばないでいる。

何とか対策を立てて、できれば彼女がここに来られないようにしたいけれど、頼る人もいない現状で果たしてそれは可能なのだろうか……。


翌朝。

「おはようございます、妃殿下。お加減は如何でしょうか」

「おはようございます、ティア。はい、皆の心遣いもあり、今日はとても気持ちがよいです」

「そうですか。それは安心いたしました」

ティアは柔らかな表情を見せると、すぐに侍医の手配と朝食の手配をそれぞれ行ってくれた。

「はい、このご様子なら心配ないでしょう。本日から日常生活に復帰なされても問題ありません」

「安心いたしました。ありがとうございます」

ライム先生の許可が下りたので、わたくしは今日から通常の生活に戻ることとなった。

思えば、今まで私生活は全てこの部屋で行っていたので、婚儀のあと、私室を出たことはなかった。

前回の生の際、わたくしは私室の寝台で寝ていることが多かった。とは言え、王都広場での炊き出しや教会への奉仕活動など、できる限りの公務を行ってきたわ。ただ、様々な公務を行いたいと申し出ても、虚弱体質を理由に却下されていたのだ。

このままでは、今生でも周囲の者からお飾り王妃だなんて言われてしまうわね。

けれど、どうしてわたくしはこうも病弱なのかしら……。

幼き頃からお世話になっていたお医者様の話では、わたくしは何か大病を患っているわけではないらしい。それで、身体的に子を産むのは問題がないとされて、婚儀の日も決まったのだけれど……。

それこそ、幼き頃から嫁ぐまで週末には欠かさず教会にお祈りに行っていたし、お医者様のご助言どおり、天気のよい日は中庭を散歩するなどをして身体を動かすことも欠かさずに行っていたわ。

今まで様々な方法を散々試してみたのだけれど、わたくしの体質は変わることはなかったのだ。

どうにも不甲斐のなさを感じながら朝食を終え、侍女たちの手により久方ぶりにコルセットとパニエを身につけてもらうと、ドレス選びの段取りとなった。

「妃殿下、本日のお召し物は如何なさいますか？」

「そうね……」

目前のワードローブには数十、いいえ、軽く見ただけで百着以上のドレスが掛けられている。

様々な種類の彩り豊かなドレスが並んでいるけれど、わたくしはこんなにも沢山のドレスを持っていたのね……。

牢獄の中では薄い生地の囚人服を着倒していて、それも替えの服は一枚だけ。三日に一度しか着替えることを許されていなかった。

あの暮らしを送った身としては、目の前のドレスは有難いし、大切に着ていきたいとも思うけれど、わたくしには身にあまるし、とても贅沢《ぜいたく》に感じる。

隅の方に掛けられたターコイズブルーのラウンド・ガウンが目を引き、わたくしはそれを選んだ。今のわたくしには、ゆったりとした衣服がよいと思ったのだ。

「まあ、とてもお似合いですわ」

「そうですか？　ありがとう、嬉しいわ」

衣服を着替えると、ティアが手早く封筒を差し出した。

「陛下からお手紙が届いております。加えて、本日の陛下からの贈花は白い薔薇でございます」

白い薔薇……。以前にも贈っていただいた上に、この花は陛下との思い出の花なのだけれど、もしかして陛下は覚えていてくれているのかしら……。

ともかく、椅子に腰掛けて封書を開き便箋に目を通した。

『快癒したとのこと。ついては、本日から晩餐を共にしたいが、如何か』

思わず読み間違いなのかと思って読み返したけれど、どうやら間違いではないらしい。

断りたくても適した理由がないので、承諾の返事を書くべく、わたくしは机に向かったのだった。

◇

「……そなたと対面するのは、久方ぶりであるな」

「陛下には、毎朝、お花をお届けいただいた上、お気遣いのお手紙をいただきまして恐悦至極に存じます」

アルベルト陛下は、いつもの無表情で前の席で綺麗な所作でポタージュスープを掬《すく》って口に含んだ。

正直なところ、とても生きた心地がしない思いで眺めるけれど、陛下と視線が合わないようにするためにすぐさまわたくしもスープを口に含む。

ああ、コーンの新鮮で豊かな味が広がってとても幸せ……。

食事は美味しいし晩餐自体は楽しいのだけれど、問題は一緒に食事を摂っているのが陛下だということね。

晩餐の招待を受け、すぐさまその場にいた侍女たちに晩餐で着用をするドレスの相談をした結果、病み上がりなので、あまり飾り立てないベージュのシンプルな宮廷用イブニングドレスを選んだ。

皆気合を入れて準備してくれたのだけれど、わたくしの心には終始暗雲が立ち込めていた。

正面に座る陛下の方をチラリと見やる。

黒を基調とした宮廷服を着用したお姿は、とても凛々《りり》しくて素敵ね……。

いけない。わたくしは何を考えているのだろう。

陛下はわたくしを見限り裏切った憎い相手なのに、心が揺らぐことはあってはならないことよ。

毎朝花をいただいていたから、情が移ってしまったのかもしれないわ。正気を保たなければ。

それに、あの件も相談をしなければならないし……。

どう切り出してよいものか考えあぐねていたら、デザートのあとの紅茶まできてしまった。

「ときに、そなたは」

「……ああ」

「……はい」

陛下はティーカップをソーサーの上に置くと、会話を切り出した。

何かしら。とても緊張する。

「侍医からは快癒したとの報告があったが、実のところ体調はどうなのだ。不安なところがあれば公務のことは気にせず療養に努めてもらいたい」

…………。

お、思わず自分の耳を疑ってしまった。

あの陛下が、公務のことはよいからとわたくしの身を案じて療養することをお勧めになられた……？

信じられない。前回の生での陛下はわたくしの体調を気遣うこともなかったし、そもそも、公務を休んで療養するという発想が陛下の中にあること自体が驚愕《きょうがく》ね……。

お言葉は嬉しいけれど、目の前に座っているのは本当にわたくしの知る陛下なのかと疑ってしまう。

そもそも、前回では陛下はいつもお忙しくされていらして、結婚当初から共に晩餐など片手で数えられるほどしかしていなかったのだ。

「……陛下のお心遣いに痛み入ります。ですが、自身の役目を常に意識するためにも、少しずつできる範囲で公務を行って参りたいのです」

これは本心だった。お披露目の際に目にした国民の顔が目前に浮かび、心が揺らぐ。

前回のわたくしは、果たして王妃として民の役に立つことができていたのだろうか。

そもそも、わたくしは婚儀から半年を過ぎたところで捕縛され牢の中に入れられてしまったので民のために時間を使うどころか、王妃として動ける貴重な時間を無にしてしまったのだ。

再び捕らえられてしまったら、民のために動けないどころか今度こそは……。

そう思うと非常に不甲斐なく、恐ろしいし歯痒いわ。

今回は自分の時間を大切に使いたい。そうよ、そのためには……。

「陛下。折り入ってご相談があるのです」

「何か足りぬものがあるのなら、遠慮せず侍女頭に申しつけるとよい。そなたに割り当てられた予算があるのだからな」

「いいえ、衣服や調度品等はわたくしには身に余るほど十分に足りております」

「そうか。では何だろうか」

表情を変えることなく凝視されるので、とても切り出しづらいわね……。

「実は、わたくしのペンダントのことでご相談させていただきたいのです」

「ペンダント？」

「はい」

右手を上げ、傍に控える給仕を呼び、前もって外しておいたペンダントを陛下に手渡してもらった。

「実は、このペンダントは幼き頃に祖母から贈られた物なのです。形容し難いのですが……最近、何か不思議な力を感じるといいますか、普通のペンダントとは思えないのです」

「不思議な力……か」

陛下はペンダントを手に取りしばらく眺めたあと触れるなどしてそれを確認していたけれど、やがて再び給仕を介してわたくしにお返しいただいた。

「残念ながら、私にはほとんど魔術の心得がないので分かりかねるが、要求というのはこのペンダントを調査して欲しいということで相違ないか？」

「はい、その通りです」

察しがよくて、とてもありがたいわ。けれど、どうにも落ち着かないのはなぜかしらね……。

陛下は魔術の心得はないと仰ったけれど、武術の心得がおありで陛下の腕前は見事だったわ。

結婚前の妃教育の合間や前回の生での結婚後に、陛下の訓練するお姿や騎士たちとの模擬試合での様子はよく見ていたけれど、陛下の剣筋といったらとても力強くてキリッとしていて素敵で……。

いけない、今は陛下との会話の途中だったわ。それにしても、わたくしは気を抜くと陛下に対して心を許してしまいそうになる傾向にあるわね……。

「できれば、我が王国の王宮魔術師に要請を願いたいのですが」

「そうだな。……ならば私の方でしかるべき人物に調査を依頼しよう」

ここで、わたくしが魔術師を指定するのは具合が悪いし、おそらく陛下がご指定をされる方なので信用のおける人物だと思うのだけれど……なぜかしら。どうにもバルケリー卿でなければならないような気がする。

これは、オリビアの卿を語る際に見せる穏和な表情から感じた、わたくしの直感のようなものだ。

陛下に何か誤解されても具合が悪いし、ここは正直に事情を打ち明けた方がよいわね。

「実は、わたくしの予てからの侍女のオリビア・リバーと同郷の、カイン・バルケリー次期王宮魔術師長に調査を依頼したいのです」

「カイン・バルケリー？」

急に陛下の目付きが鋭くなってきたので、思わず視線を逸らした。

「なぜ彼を選出したのか、その理由を問いたいのだが」

オリビアを巻き込むことになるのは少々気が引けるけれど……。

「卿の人となりをオリビアから伝聞し、卿は信用のおける人物だと判断したのです。正直に申し上げますと、わたくし自身は心得どころか、魔術のこと自体あまり詳しくありませんので、せめて、わたくし自身が信用している人物と親交のある人物ならばと思案したのです」

「では、リバー子女とバルケリー卿は元々の知り合いなのか。彼に婚約者はいなかったはずだが」

そういうことも把握なされているのね。単純に驚いたわ。

……いいえ、そもそも卿は王宮魔術師長に就任する人物なのだから、元より様々な噂が耳に入りやすいだろうし、陛下も情報を集めているのかもしれないわね。

「婚約者ではないようですが頻繁に手紙のやり取りを行っているそうですし、交流はあるようです」

「……そうか。ならば卿には私から説明を行う手筈《てはず》を整えておこう。公式の面会ではないが、そうだな、リバー子女も必ず同席させるように」

承諾なさってくださった……のかしら？

「……ありがとうございます」

「加えて、公務の件も政務官や他の者と相談しておこう。くれぐれも無理のない範囲で行うように」

「……重ね重ね、ありがとうございます」

今日の陛下は、やけにこちらの事情を汲《く》んでくださるけれど、どうかしたのかしら……。

そう思い陛下の方を向くと思わず視線が合ったけれど、その表情は少しだけ柔らかく見えた。

◇

セリスがアルベルトと晩餐を共にした日の昼頃。

新緑が茂る街路樹が印象的な王都の中央部に、貴族のタウンハウスが立ち並ぶエリアがある。

その中でもひときわ目を引く邸宅があり、他の貴族の邸宅と比べると宮殿のようなそれは、群を抜いた豪華さであった。と言うのも、それはその邸宅が著名な建築家が設計をし豊富な大理石を使用して建造されているからであり、外観からその家の財力を窺《うかが》い知ることができる。

――その邸宅は、ビュッフェ侯爵家のタウンハウスであった。

邸宅の二階には侯爵の長女であるカーラの私室があり、室内は上質な木製家具で統一されている。

青藍《せいらん》のデイドレスを身につけたカーラは、カウチに腰かけ新聞を開き、一面の記事を読んでいた。

「……なぜ、アルベルト様のお隣に並ぶのがわたくしではなく、あの女なのかしら」

そう呟き、カーラは新聞の一面に載っている魔宝具により撮影された姿絵をしげしげと眺めた。

その姿絵は国民へのお披露目時のものであり、王妃セリスが国王アルベルトと並び笑顔で国民に向けて手を振っている様子が描かれている。

「こんな物、こうして差し上げましょう」

カーラが腕を振りかざすと、たちまち新聞は宙に浮かんだ。

「燃え上がりなさい」

そして更に腕を振り下ろすと、次の瞬間には新聞は見る影もなく消えてなくなった。

ただ、微かに燃えカスが絨毯の上に散っているので、どうやらこれは強力な炎で一瞬にして燃え尽きたもののようである。

「そなたの魔術は、相変わらず見事だ」

「お父様」

振り返ると、金糸や銀糸で華美な刺繍が施されたコートを身につけた小太りの白髪の男性が立っており、悠々とした足取りでカーラの傍へと近づいた。カーラの父親のビュッフェ侯爵である。

「高温の炎で焼かれたために、ほとんど跡形もなく消えたのだな」

「はい。お父様のご教示のおかげですわ」

「……燃やしたのは王妃の姿絵のみのようだが」

「ええ、もちろん」

カーラの手元には、アルベルトの姿のみが残った姿絵が握られていた。

「我が家門の中でも、そなたほど魔術の操作が巧みな者もそういないだろうな。……ときに、王妃を貶める算段はできているのであろうな」

「ええ、それはもう魔術による数多《あまた》の手段を考えております。全てはあの女からアルベルト様を救い出すためですわ」

カーラは妖艶な笑みを浮かべる。侯爵はそれを見やって、小さく頷いた。

「……王妃自身が我々にとっての『脅威』となり得ることは、予想外だったのだ。王妃には気の毒だが、我々の目的のためには消えてもらわねばならない」

「ええ。……あの女は大した努力もせずに幼き頃からアルベルト様の婚約者だっただけではなく、あのような力を持ち合わせているのですから。……なんて目障りなのでしょう」

軽やかな動作で侯爵の方に改めて向き合い、目を細めた。

「ですが、あと三ヶ月も待たなければならないとは、もどかしさでどうにかなりそうです」

「申し訳ないがそれは堪えて欲しい。同志も潜伏しておることだしな。……ところで、そなたの婚約者のガード伯爵だが」

「あら、特に交流を行わなくて結構ですわ」

侯爵は小さくため息を吐いた。

「そうもいかないだろう。ガード伯爵とは幼き頃から婚約しており、そなたも十八となったのだからそろそろ婚儀を行わなくてはならない。ガード家とは古き時代より我が家門とは深い繋がりがあり、これは非常に重要な契りなのだ」

侯爵は室内の卓に手紙を置くと、扉へと向かった。

「一週間後、ガード伯爵がそなたに面会をするために我が家に訪問するそうだ。無礼のなきように」

「……承知しました」

カーラが軽やかなカーテシーをすると、侯爵は退室した。それを見送り、手紙を手にして長椅子に腰掛ける。

どうやら侯爵はカーラが婚約者からの手紙を中々受け取らないので、見兼ねて中身を確認した上で直接カーラの私室に赴いたようである。

「……あのような自分の力を過信している小者のことなど興味ありませんのに。婚約とは常々愚鈍なものですわね」

すでに封の開けられた封筒から便箋を取り出し書面を確認すると、大きくため息を吐《つ》いて便箋を封筒にしまい、卓の上に置いた。

「わたくしの心は幼き頃からアルベルト様にだけ向いていますわ。……その想いは残念ながら届いたことはないのだけれど」

カーラはそっと哀愁を含むような笑みを浮かべ、先ほど片方を燃やした姿絵を手に持ち眺める。

すると、ふと婚儀の際にアルベルトがセリスの額に口付けた場面や、晩餐会の際にアルベルトがセリスに対して一助した言葉を思い出し、思わず姿絵を握り潰しそうになった。

「あの女はしばらく寝込んでいるようだけど、直に初夜の儀を迎えるのでしょう。忌々しい」

言ってから思案し、何かに思い当たる。

「……そうだわ。ふふ、そうすればきっとアルベルト様もあの女に失望をするはず」

カーラは口角を上げ便箋と羽根ペンを取り出すと、何かを綴《つづ》り始めたのだった。

第四章 ルチアとの出会い

Nidome no jinsei deha Okazari Ouhi ni Narimasen!

アルベルト陛下と晩餐を共にした日から、一週間ほどが経った日曜日。

わたくしは専属の侍女や複数の近衛騎士を連れ立って、王都の広場を訪れていた。

「王妃殿下、お待ちいたしておりました」

「今日はよろしく頼みますね」

「はい。こちらまでわざわざご足労をいただきまして、感謝の念に堪えません。市井は妃殿下にはお相応しくはないのではと思いましたが、精一杯ご案内させていただきます」

その言葉は嬉しいけれど、相応しくないというのは誤解だわ。

何しろ、わたくしは最近まで牢獄の中で暮らしていたし、鏡がなかったから自分の姿を確認していなかったけれど、きっとそのときの姿はこの場にとても相応しかったでしょうから。

加えて、今日は炊き出しの手伝いをするので流石に普段のような華美な装いは不適切だと判断し、レースの施されたブラウスに黒の膝下丈のスカートという比較的簡素な服装だ。コルセットは身につけているのだけれど、普段よりも身軽なのでそれだけでも動きたくなるわね。

それにしても、わたくしの案内役は王都の商会が結成している組合《ギルド》の方だけあって、表情がとても朗らかで好感が持てるわね。

彼女は商いを営んでいるケリー家の夫人だと聞いた。

「直接、王都民の皆さんと触れ合うことができる機会なので、とても楽しみにしておりました」

「まあ！　皆、妃殿下のそのお言葉に喜ぶことでしょう」

一昨日、侍従から「王都の広場で、教会が行っている炊き出しの手伝いをしていただきたい」と知らせを受けたときは驚いた。

王妃が行う公務として、慈善活動に携わり少しでも何かの役に立てるのであればとても嬉しいわ。

陛下がわたくしの希望を早速受けてくださったことに関してはありがたいとも思うけれど、正直なところ疑心暗鬼になってしまうのだ。……性格が捻《ひね》くれているのかしら。

わたくしたちはケリー夫人の案内で広場を見て周り、炊き出し会場まで移動した。

そこでは、子供たちがボールを投げて遊んだり、老夫婦がベンチに腰掛けて中央に設けられた噴水を眺めていたり、付近の教会へと若い男女が訪れるなど、皆それぞれ思い思いの行動をしている。

市場も営まれていて人々の声が飛びかっているわ。とても活気があってよいわね。

「妃殿下。滅多なことがなきよう、私共が常にお傍におりますので」

「ええ、よろしく頼みますね、フリト卿」

「御意」

フリト卿は鎧を身に纏《まと》い、中剣を腰に下げている。

確か、あの剣の柄にも何か魔宝具《まほうぐ》が装着されているはずなのだけれど、その詳細は前回の生の際にも知らされてはいなかったわ。

加えて、わたくしの手首には防御系の魔術が施された魔宝具の腕輪が嵌《は》められている。

それは何者かが危害を加えようとすると、目視不可の膜が張られて攻撃を弾き返すものらしい。

あまり考えたくはないけれど、市井に出てきたからには何があるか分からないので常に近衛騎士たちが護衛してくれており、その上で念のために装着をしているのだ。

「さあ、皆さん。今日はよろしくお願いします」

「はい、妃殿下」

有志の民や教会の修道女たちが集まり、炊き出しはすでに始まっていた。わたくしの体調も考慮し、短いけれど一時間ほど参加することになっている。

そして持ち場について状況を確認すると、すでに行列が目視で確認ができないほど連なっている様を目の当たりにした。そうだわ、確か前回もそうだったのだ。

「はい、どうぞ」

「ありがとうございます」

わたくしが野菜が沢山入った温かいスープにパンを差し出すと、くたびれた帽子にジャケットにベスト、ズボンを身につけたお爺さんが大切そう両手で丁寧に受け取ってくれた。

列に並ぶ人々をふと見ると、皆ほとんどそのような服装をしていた。加えて、その衣服は着倒しているのか傷んでいるように見える。

前回の炊き出しでも同様に食べ物を手渡したはずなのに、その時は民の服装にまで気がつくことができたかしら……。

わたくしは以前、牢獄の中で食べたパンが硬かったと苦言を漏らしたけれど、パンを求めてこれだけの人々が列をなしているのよ。裏を返せば、それにさえありつけない人々がたくさんいるということなのよね。牢獄の中の食事だって、どれほど有難かったのだろう。

「妃殿下。本日はありがとうございました。そろそろお時間でございます」

「あら、もう時間なのですか。……分かりました」

正直なところ、後ろ髪引かれる思いだった。目前の問題をそのままにして、複雑な心持ちのまま帰るのは心残りだからだ。炊き出しに参加する以外にも、何かできることはないだろうか。

その思いが、沸々と湧き上がってきた。

とは言え、これ以上この場にいては周囲に迷惑をかけてしまう可能性があるので、王宮に戻ろうと思い立つと、ふと声を掛けてくれた女性の身体が気に掛かった。

お腹が大きく膨らんでいるように見えるので、もしかして身重の方なのかしら。長く隣にいたけれど、よく見ないと気がつかないことなのかもしれない。

「あの、慶事なのですね。おめでとうございます」

「い、いいえ。そんな……」

女性は、目を逸らして気まずそうにしている。

「ひょっとして違いましたか？」

「いえ！　違いません。そうです、もうすぐ産まれる予定なんですよ。祝福のお言葉をありがとうございます！」

今度は満面の笑みを見せてくれたわ。よかった。

最初は言いにくそうにしていたけれど、……もしかして、わたくしは陛下と結婚したばかりなので、子を成すことを強く望んでいると考えて気を遣ってくれているのかしら。

「わたくしのことは、お気になさらないでくださいね。本日は炊き出しにご参加いただき、ありがとうございます」

「……温かいお心遣いをありがとうございます！」

「お身体は大丈夫ですか？」

「ええ。身体は重いですけど随分慣れましたし、もうすぐ産まれる予定なので。それに、子供に会えるのが楽しみで少しくらい身体が辛くても平気なんです」

そう言って笑ってくれた。とても素敵な笑顔だわ。

「ただ、妊娠初期の頃は悪阻《つわり》が酷《ひど》かったですし、近頃は慣れたとはいえ、やはり歩くだけでもままならないこともあります。それに出産後は中々こういった活動も行えませんし、今のうちにと思って今日こちらに参加したんです」

とても高い志だわ。虚弱体質でままならない自分自身が歯痒《はがゆ》くなる。

わたくしは、自分を卑下しているのかしら……。

ただ、実際にそうなのだから、その事実ときちんと向かい合わなければ。

「とても立派な志です。あなたのような民がいることを誇りに思います」

「そのようなお言葉を掛けていただいて、光栄です」

涙ぐむ彼女になぜか罪悪感を抱きながらも別れの挨拶をして、その場から離れた。

そうよね。身重の身体では中々ままならないこともあるわよね。

……もし。いえ、これはただの仮定で実際にそうなる可能性は低いとしても、……今身籠《みごも》ったとしたら、これから貶めてくるであろうカーラに立ち向かうことなどできるのかしら。

そうよ。それに無事に子供が産まれたとしても、出産後間もなくは普段通りにはいかないだろうし、
第一子供が狙われてしまったら……。

そんなことに考えを巡らせていると、気分が落ち込み眩暈《めまい》がしてきた。

ここで蹲《うずくま》って誰かの手を煩わせるわけにもいかないし、今はともかく王宮に戻って考えをまとめましょう。まず、ケリー夫人にご挨拶してから戻りたいのだけれど、どこにいるのかしら。

「大丈夫ですか⁉」

夫人を探していたら不意に背後から叫び声が聞こえたので、反射的に声の方に身体を向ける。

声の元を辿ってみると、先ほどまでわたくしがいた炊き出しの場所だった。

小走りで向かってみると、身重の女性がその場で蹲っていた。

「どうしましたか？」

「……急にお腹が痛くなって……。まだ予定日には一ヶ月ほど早いのですが……」

大変、それはいけないわ。けれど、どうすれば……。そうだわ！

「フリト卿。この近くに施療院はあったかしら」

「恐れながら、妃殿下。この辺りには専門の医者のいる施療院はなかったはずです」

「馬車でしばらく行った先にはあるのですが」

心配そうな表情を浮かべたケリー夫人が教えてくれた。加えて、倒れた女性の名前がデービス夫人ということも教えてくれたわ。

「そう。でしたら、彼女を今すぐわたくしの馬車に乗せて差し上げて。施療院にお連れしましょう」

「妃殿下。お言葉ですが、妃殿下の馬車に乗車することができるのは、陛下を始めごく僅かな者だけです。ましてや一都民を乗せることなどあってはならないことです」

何を……言っているの？　……いえ。フリト卿の言葉は正しいわ。

もしデービス夫人が助かっても、理不尽なことにのちに咎《とが》を受けるのは彼女なのだ。

わたくしの権限でそれを押し通せればよいのだけれど、王妃に即位したばかりの実績のないわたくしの現状では難儀なことだわ。

けれど、だったらどうすれば……。そうだわ。早速フリト卿に声を掛けなければ。

「ともかく、貴方たちには彼女を近くの教会に連れて行ってもらいます。その間にお医者様を手配しましょう」

「御意」

わたくしの提案にフリト卿は頷き、素早く他の近衛騎士と共にデービス夫人の近くまで移動した。

更に、二人の近衛騎士が彼女の両の肩を抱え、様子を確認しながらゆっくりと教会の入り口の方へと移動していく。すると、すでに修道女が教会内の看護室の用意してくれていたので、滞りなく彼女を寝かせることができた。

先ほど、わたくしの近衛騎士と侍女が教会で管理している乗用馬でお医者様を呼びに行ったから、これで少しは不安を拭うことができただろうか。

「うう……。妃殿下、申し訳……ありません……」

「何も心配しなくてよいですからね。何よりも貴方ご自身のお身体が大事なのですから」

「妃殿下……」

デービス夫人は他にも何か言いたそうだけれど、代わりに涙を流して目を閉じた。わたくしは、そっと彼女の手を握る。

目前で苦しんでいる彼女を見ていると、何もできない自分を歯痒く感じる。今のわたくしにも、何かできることはないかしら。

「ううう……！」

「大丈夫ですか⁉」

突然、激しく苦しみ始めたので、慌てて付近で待機している侍女と修道女に声を掛けた。

悲痛な表情を浮かべるデービス夫人の傍に近寄って様子を窺い、何かできることがないかと問いかけたけれど、必要な処置はお医者様でなければできないと修道女に言われた。

なので、桶に人肌に温めた湯を張り、浸けた布を絞って夫人の額の汗を拭う。後は彼女の手をそっと握って神に祈るのみだ。

「……私の魔宝具を、彼女に使えればよいのですが……」

フリト卿がポツリと呟いた言葉が、とても気に掛かる。

「その魔宝具とはどういった物なのですか？」

「はい。実は『治癒魔術』を使える物なのですが、所有者である私へのみの使用に限られるのです」

「所有者にしか……」

その言葉を聞いて、以前、街の図書館で目にした魔術書の一文が脳裏を過った。確か……。

「フリト卿。今から近衛騎士や侍女たちに、魔術師が広場にいないか捜索してもらってください。本人の承諾を得られたら、こちらに連れて来てくるよう手配できないでしょうか」

「魔術師をでしょうか？」

「はい。身分証や持ち物検査は万全にし、ことが終われば報酬も渡してください。上手くすればデービス夫人の体調を安定させることができるかもしれません」

「かしこまりました。すぐに手配いたします」

「よろしく頼みましたね」

「御意」

本来ならば、王宮魔術師に依頼した方が安全性も確保できるし確実ではあるのだけれど、ここから王宮までは馬車で片道三十分以上掛かるので、一刻の猶予もない今は適切ではないと判断したのだ。

それから、フリト卿は室外で護衛している近衛騎士に詳細を伝え、皆速やかに行動してくれた。加えて報酬に関しては、わたくしの私財を充てる手筈にした。

そして、二十分ほど経た頃に室内にノックの音が響き渡った。

「妃殿下。こちらの要請に応じた魔術師を連れて参りました。身分証の確認や予め持ち物調査等は済んでおります」

「ご苦労様でした。早速入室していただいてください」

「かしこまりました」

そして扉が開かれ、慎重な足取りで一人の婦人がこちらの方へ歩みを進めた。

彼女は、亜麻色の髪を綺麗に一つにまとめた色白の女性で、白のブラウスにベージュのスカートを穿《は》いている。

簡略的に頭を下げてから無言でベッドに横たわる女性を観察すると、フリト卿の方に視線を移し再びわたくしの方に視線を戻した。

「王妃殿下に、お初にお目にかかります。私は魔術師のルチアと申します。女性の状況が芳《かんば》しくないように見受けられますので、手短にご進言いたします」

中々言葉には言い表せないけれど、彼女からは不思議な気配を感じるし、なぜだか目が離せない。

「こちらの要請に応じていただき、誠にありがとうございます。よろしくお願いしますね」

「はい。失礼ですが、騎士様の剣の柄に装着されている魔宝具ですが、そちらは『治癒魔術』系統の物と見受けられます」

「……いかにも、その通りだが」

フリト卿は小さく頷き、わたくしの方に視線を合わせた。

「実は、そのことで魔術師の方を探していたのです。以前に読んだ書物には、『魔術師の中には魔宝具の流れを変えることができる』とありましたので、それができるかどうかを確かめていただき、可能であれば実行していただきたいのです。もちろん、報酬はお支払いいたしますので」

「報酬は結構ですが、分かりました。早速確認しますので、もし差し支えがなければ騎士様の魔宝具を利用させていただきたいのですがよろしいですか？」

「ああ、構わない」

ルチアはすぐにフリト卿が差し出した中剣を手に取ると、その柄に取り付けられた魔石を注意深く確認し始めた。

彼女の澄んだ濃褐色の瞳を見ていたら、どうにも吸い込まれそうな……不思議な感覚だわ。

「非常に純度の高い魔石です。これなら問題ないですね。女性の様子も芳しくないようですし、始めてもよいですか？」

「もちろんです、よろしくお願いします」

「はい」

ルチアは頷き、目を閉じて夫人に向けて掌《てのひら》を翳《かざ》して小声で何かを呟《つぶや》くと、たちまち床上に記号のような物が描かれた円形の光が現れた。

「光の恩恵の制限を解除します」

今度はフリト卿の剣の柄《つか》に手を翳し、発光したと認識した矢先に光は消えていたけれど、すぐにフリト卿が声を上げた。

「魔宝具が反応しています」

「その手の魔宝具は、自動で対象者を感知する機能が付いていますからね。今すぐ使用してください」

「心得た」

フリト卿は剣を鞘《さや》のまま取り外すと、柄をデービス夫人に対して向けた。

すると、たちまち先ほどよりも眩い光が夫人を包み込み、それはスッと彼女の中に消えていった。

凄い……。これは治療魔術の光なのね。見ているだけでも温かい気持ちになる。

夫人は先ほどまで苦しんでいたけれど、光に包まれた途端、呼吸は規則正しいものに変わり落ち着いて眠り始めた。……よかった。

「治療魔術は本人の治癒能力を高めるもので、あくまで対処療法に過ぎませんので、きちんとお医者様にお診せくださいね」

「ええ、必ず」

思わず涙が出たので、ハンカチで拭った。

人の温かさに触れることができたからか、心が震えたように感じた。

「それでは、私はこれで失礼します」

「ルチア、本当にありがとうございました。やはり報酬を支払いますので、帰る前に侍女から受け取ってくださいね」

「……分かりました。王妃殿下におかれましては、ご配慮をいただきましてありがとうございます」

ルチアは深く礼をし、しばらくすると身を正して表情を和らげた。

「市場で買い物をしていたら、侍女の方が魔術師を探していらしてどうにも気になったのです。事情を聞き、何かお役に立てればよいなと思いまして。まあ、王室の騎士様なら誰かしら治癒系統の魔宝具を持っているだろうと思っていたので、実際にそうであってホッとしています」

ルチアは苦笑し一礼すると、素早い動きで扉の前まで歩みを進めたけれど、ピタリと立ち止まってこちらの方を向いた。

「王妃様。あなたはご自身のことをよくご理解していますか？」

わたくし、自身のこと……？

「何のことでしょうか」

「やはり。今まで魔術に実際に触れたことはないのですね」

「……ええ。わたくしには、魔術の才能はないと幼き頃に魔術師様に言われましたので。魔術の本も実家にはほとんど置いていなかったので、街の図書館等でたまに目にする程度でした」

お父様に知られると大変お怒りになるので、あまり読むことはできなかったのだけれど……。

「あら、それは相当……。いいえ、何でもありません。それでは失礼いたします」

「はい。誠にありがとうございました」

退室したルチアを見送ると、何かわたくしの中で得体の知れない感情が湧き上がってきた。

わたくし自身のことを理解、している？　どういうことかしら……。

その言葉はとても気になったけれど、今は何よりもデービス夫人のことを優先するべきだわ。

その後、お医者様に事情を伝えてデービス夫人を診ていただいたところ、出血もなくお腹の張りも落ち着いているので問題はないだろうとのことだった。

ただ、もし治癒魔術を使用していなかったら、出血の可能性もあっただろうとのことだったので、ルチアが来てくれて本当によかった。

「妃殿下。今日は本当にありがとうございました。加えて申し訳ありませんでした」

「いいえ、お気になさらないでください。それにお医者様のお話では、出産前にはよくあることのようですから」

「ですが、出産前だというのにでしゃばってしまったから、皆さんにご迷惑をお掛けして……」

そのように気に病まなくても大丈夫なのだけれど、当事者はそうもいかないのよね。その気持ちは痛いほど分かるわ。何しろ、わたくし自身も虚弱体質で、何度も約束を反古《ほご》にしたことがあるから。

不可抗力とはいえ、周囲の方には申し訳がないと思うのだ。

「あなたの行動は、間違いではないと思います。無事にご出産されることをお祈りしています」

「……はい、ありがとうございます」

涙ぐんだデービス夫人を見て、市井を訪れ人々と触れることができてよかったと改めて思った。

デービス夫人の家族が迎えに来るまで修道女たちに夫人の見守りを託したわたくしは、近衛騎士や侍女たちと教会をあとにして、馬車に乗るために広場へと向かった。

すると、先ほど炊き出しを行っていた場所で、撤退作業をしているのが視界に入った。

王宮へ戻る前に、ケリー夫人に声を掛けた方がよいわね。夫人はどこかしら。

「妃殿下！」

後方から聞き覚えのある声が聞こえた。振り返ると、丁度ケリー夫人がスカートを両手でたくし上げてこちらに駆け寄って来た。よかった、まだ帰宅していなかったのね。

「妃殿下、本日は誠にありがとうございました！　一都民をあれほどまで献身的に看病をしていただいたご恩は生涯忘れません。デービスさんのご家族にも、くれぐれもよく伝えておきますので」

「いいえ、わたくしは大したことはできていないのです。実際のところは……」

すんでのところで、言葉を紡ぐのを止めた。

そうよ、ルチアのことはあくまでこちらが要請し、彼女の善意あってのことなので、彼女はあまり不用意に自分のことを語られたくないのかもしれない。……いずれにしても、無責任にルチアのことを言い回るのはよくないわね。ここは、慎重に言葉を選ばなければ。

「周囲の者が機転を利かせてくれたのです。わたくしは神に祈るのみでしたが、皆のおかげで、どうにか大事に至らずに済みました。感謝をいたします」

「いいえ、妃殿下。それでもわたくしたちは、妃殿下のご判断に救われたのです。妃殿下が、近衛騎士や侍女の方にお医者様をお連れするようお命じにならなければ、馬に乗れる者もおりませんでしたし、難を乗り切ることはできなかったと思います。誠にありがとうございました」

そう言って深く頭を下げたケリー夫人を見ていると、過分な評価とも思ったけれど胸に熱く込み上げてくるものを感じた。

「……こちらこそ、本日はありがとうございました。また、必ず炊き出しに参加させていただきますので、そのときはよろしくお願いしますね」

「はい。わたくし共は妃殿下のお越しを心よりお待ちしております」

今度は涙が込み上げてきたけれど、なんとか堪えて馬車へと乗り込んだ。

馬車が発車したあとも、ケリー夫人をはじめ、炊き出しに参加していたご婦人方、老若男女、広場中の人々がわたくしに向かって手を振ってくれている。

思わず一筋の涙がこぼれた。それをハンカチで拭いながら、わたくしはどうにか手を振り返した。

今日は、少しでも人の役に立つことができたのかしら。そうだったら、嬉しい。これからはより民の役に立っていきたい。

馬車に揺られながら、しばらくその気持ちを噛み締めた。


教会から戻ると、窓の外には暮なずむ空が広がっていた。

その空を見ていると、今日の出来事が心に染みるようで胸が高鳴ってきたけれど、じきに晩餐の時刻になるので、現在はオリビアに手伝ってもらって速やかに更衣を行っている。

今夜のイブニングドレスは、紺色の物を選んだ。

朝いただいた書簡で、今夜もアルベルト陛下と晩餐を共にすることになっているのだけれど、最近は、ほぼ毎晩陛下と食卓を共にしていた。

とはいえ、食事中はほとんど会話らしい会話はないのだけれど。

正直に言って、陛下の表情が全く読めなくて会話するタイミングが分からないのもあるし、食事が美味しいのでそれどころではないのもあるわ。

それから食堂へと入室し、給仕の案内で席に座ると、五分も経たずに陛下が入室され軽やかな足取りで自身の座席にお掛けになった。

わたくしは立ち上がってカーテシーをし、陛下が右手を上げ許可が出たのを確認してから再び椅子に腰掛けた。

「陛下、お待ちしておりました」

「ああ。すまないな、待たせてしまったようだ」

「いいえ、さほどお待ちしておりませんので、お気になさらず」

陛下から、わたくしを気遣うようなお言葉が率先して出るなんて……。

思えば、今生では何度もそのようなお心遣いをいただいているのだけれど、未だにそれには慣れることができず、その度に心臓が高鳴って胸が苦しくなった。

その後しばらくは、いつも通り無言で食事をし、頬を緩ませていた。

本当に食事は美味しいけれど……そうだわ。

今日の日中に訪れた広場では、小さなパンを求めて人々が大変な長さの列を成していたのだ。

わたくしは素直に食事を楽しんでもよいのかしら……。

「如何《いかが》した。今日はいつものようには食が進んでいないように見受けられるが」

その言葉で、初めてメインディッシュの白身魚のムニエルが手付かずだったことに気がついた。

普段だったら、今頃幸福に浸りながら食事を堪能しているところだから、不思議に思ったのね。

「あまりにも美味しそうでしたので、見惚れていたのです」

……我ながら、かなり苦しまぎれの言い訳だったかしら。

「そうか」

意外にも、陛下はそれ以上は触れずに食事を続けているけれど、わたくしの方がどこか落ち着かない。

この胸に湧き上がった思いを、今すぐ打ち明けてしまいたい。そんな衝動に駆られるのだ。

食後のデザートのスフレを頂きながら、チラリと前方の陛下の方に視線を移した。

陛下はあまり甘い物を食されないので、晩餐の際のデザートは前もって省略されており、今はコーヒーを飲んでいるわ。

「ときに」

「……はい」

話し掛けられるだけで、緊張するわね……。

「来月の五日に、王宮魔術師長の就任式が執り行われる予定だが、その式典の開会式でそなたに祝辞を述べてもらいたいと考えているのだが、どうだろうか」

王宮魔術師長の就任式での祝辞？　思わず握っているスプーンを落としそうになったけれど、何とかすんでのところで持ち堪えた。

確か前回は……そう、祝辞を読み上げたのはわたくしではなく陛下のはずだった。

だから意外なのだけれど、これは王妃として何かの役に立つためによい機会なのかもしれないわ。

「承知いたしました。まだ王妃に即位して日は浅いですが、これから十分備えをし、誠心誠意、精一杯努めさせていただきます」

その場で小さく頭を下げると、陛下は小さく頷いた。

「そうか。悪いがよろしく頼む。原稿はすでに政務官の方で用意してあるそうなので、あとで届けるように手配しておこう」

「ご配慮をいただきまして、ありがとうございます」

祝辞……。また一つ自分自身の役目ができたのだわ。とても嬉しい……。

ただ、前回とは様々なことが変わってきていることがとても気に掛かるけれど、ひょっとしたら、前回とは違ったわたくしの行動や発言が元で変化しているのかしら……？

そう思うと、胸に熱いものが込み上げてきて、同時に背筋も凍りついた。果たしてわたくしだけの判断で、出来事を変えてしまってもよいのだろうか……。

けれど、反対に出来事が変わるということは、……極刑に処されるはずの未来も変えられる……のかしら……。

そう思うと気持ちが昂《たかぶ》って立ち上がりたくなったけれど、丁度わたくしの分の紅茶が運ばれてきたので、ともかくティーカップに口をつけると芳《かぐわ》しい香りに気持ちが和んだ。

今は、目の前の享受に精一杯感謝しようという気持ちが湧き上がってきたのだった。

陛下はコーヒーカップをソーサーの上に置いた後、姿勢をより正してわたくしの方に視線を合わせた。

「今日は、教会主催の炊き出しに参加したようだが、身重の女性を献身的に介添えしたそうだな。フリト卿から報告があったのだ」

陛下は無表情でそう仰った。

「……はい。わたくしは王妃として、民に対しては贔屓《ひいき》することなく平等に接するべきだとは常に肝に銘じておりますが、目前で具合を悪くしている方を見過ごすことはできませんでした」

決してデービス夫人だけが特別なわけではないし、もし、目前で倒れたのが一人ではなく大勢であったのなら、正直なところあのような細やかな配慮はできなかったとは思う。

けれど、それでも民が助かる手立てを考えて、それを実行したい。わたくしは常にそうでありたいと心から思うけれど、それが王妃として正しい志なのかは判断がつかないわ。

「そうだな、平等性には欠く行動であったのは否めないであろう」

やはり、そう判断するわよね……。

「だが、私は国王としてそなたの判断が決して間違いではなく、むしろ正しい判断であったと考える。贔屓しないことは、目前の苦しんでいる者を助けなくてもよいことに繋がりはしないと思うのだ」

そう口元を緩めて言った陛下のその言葉は、ストンとわたくし心の隙間を温かいもので埋めてくれるようだった。

「……そのような評価をいただきまして、恐縮です」

何とか言い切ったら、顔が熱くなってきた。

「フリト卿からの報告によると、教会の者や炊き出しに参加していた者が、そなたに大変感謝をしていたようだ。皆そなたが再びあの場に訪れることを望んでいると」

「……そうなのですね」

皆の気持ちが嬉しい。できればこの喜びを噛み締めて、遠くまで走り出したくなるほどに幸せだ。

また活動に参加させてもらいたい。そう思っていると、ふと炊き出しでの光景がよみがえった。

そうだわ。今日の炊き出しでの出来事はわたくしにとっては印象的でとても衝撃的でもあったので、是非その旨を陛下にお伝えしなければ。

「陛下。炊き出しでは、パンやスープを求めて数多の人々が列を成しておりましたが、その事実に驚愕し胸を痛めました」

気がついたら先ほど胸に湧き上がった思いを打ち明けていた。

陛下は不審に思っていないかしら……。

「そうか。……由々しきことであるが、近頃王都では炊き出しの回数も増え、それを求める人々も増加傾向にある。これは王都の小麦等の食料の価格が上がり、労働者の賃金も下がっているのが原因と考えられている。加えて、各領地では農園が竜巻等の災害に見舞われている。そのため、特例で他領の民が王都への行き来をし易くしているわけだが、難民の増加が止まらないのが現状だ」

「……そうでしたか」

前回の生では小麦の価格が上がったり、各領地で災害が起きていたことはもちろん知識としては知っていたのだけれど、それが直接民にあれほどまで影響を与えていたことは知らされていなかった。

ただ、たとえ知らされていないことでも、自分自身で調べることはできたはずだわ。

今生では、目の前の問題から目を背けずに常に向き合っていきたい。強くそう思った。

「何か対策はあるのですか？」

他人事《ひとごと》のような訊き方をしてしまったけれど、思わず訊かずにはいられなかった。

「ああ。労働者の賃金に関しては、賃金を取りまとめている各組合《ギルド》に見直すようにすでに再三通告をしているのだが、中には応じない組合もあるのだ」

「そうなのですね。それは何ゆえなのでしょうか」

「国全体の物価が値上がりしているのも一因だ。そもそも、作物自体の供給量が基準値よりも下回っている現状では作物の値上がりを防げず、雇い主の方も経費が掛かるので労働者の賃金を下げざるを得ないのだ」

……なるほど。そうだったのね。

あら？　けれどその説明だと、作物に直接関わらない事業の雇い主までが賃金を上げない理由が分からないわ。どうしてなのかしら。

「農業とは直接関係がない業種が、賃金を上げない理由はあるのでしょうか」

「そうだな。農業以外の労働、例えば製糸工場等では、生糸の元となる蚕《かいこ》が災害で被害を受け養蚕《ようさん》にも影響が出ているとのことで、止むを得ず賃金を下げねばならないと報告が上がっている」

「なるほど。一見農業と関わりがなさそうな産業も、その実どこかで関わりがあるのですね」

「ああ。とはいえ一概に全ての産業が該当するわけではないので、賃金を下げていない業種もあるのだ。また、国全体で貨幣の動きが鈍れば、国の経済全体が影響を受けるのはやむを得ないことだ」

「そう……だったのですね」

目眩がした。

けれど先ほど決意したように、問題から目を逸らさないようにしなければ……！

陛下は民のことを真摯《しんし》にお考えになられている。見習いたいと心から思った。

「そなたが我が国の民を気にかけていること、私は嬉しく思う」

そう言って少しだけ微笑む陛下を見ていると、胸の鼓動が高鳴った。

陛下に心を許してはならない。けれど、それなのになぜか身体中が熱を帯びてきたように感じた。

「王宮の魔術師らに対して、災害に対処できる魔宝具の製作を至急行うよう命じているが、中々難儀らしく、思うように進行してはおらぬようだ」

「そうでしたか」

何か、わたくしも力になれたらよいのに……。

「わたくしにも、何かできることはあるでしょうか？」

「そなたが……？」

「はい」

「そうだな。……ならば、これからも私とこのような会話をしてくれないだろうか。そなたの意見を聞かせて欲しい」

少々、驚かれたような表情をしている。

それも無理もないのかもしれないわ。何しろわたくしは、これまで陛下に対して積極的に何かを切り出したり、ましてや相談することはなかったのだから。

「はい。わたくしでよろしければ、喜んでお相手をさせていただきたいと思います」

そしてわたくしは、少しでも自分が何かの手助けになれないか模索したい。陛下はきっとわたくしが知らないようなことをご存じだろうから。

そう思いを巡らせていると、陛下は少しだけ表情を和らげていた。

「……今晩。いや、そなたに明日書簡を出したいのだがよいだろうか」

書簡？　書簡なら毎朝貰《もら》っているけれど、改まってどうしたのかしら。

「はい、承知いたしました」

「……ああ」

陛下はわたくしの方に視線を移すと、再びコーヒーカップに口をつけたのだった。

第五章　アルベルトからの招待

Nidome no jinsei deha Okazari Ouhi ni Narimasen!

窓から光が差し込み、穏やかな風も入り込んでわたくしの頬を優しく撫でる。

レースのカーテンがゆらゆらと揺れていて、とても気持ちのよい朝だ。

朝の空気を感じながら、わたくしは普段通り私室で朝食を摂っていた。

テーブルの上にはよい香りの美しい料理が並んでいて、それらを見ているだけで今日も生きる糧を享受することができている事実を感じ、感謝の念に堪えない。

ゆっくりと口に運んだスクランブルエッグは、卵が新鮮なのかとても濃厚で柔らかい食感をいつまでも味わっていたくなる。

添えられているベーコンは鮮やかな桃色で、見ているだけで心が浮き立つよう。

「妃殿下は、とても美味そうにお食事をなさるので、見ているだけでこちらも幸せな気持ちになります」

ティアは食後の紅茶を注ぎながら優しい声でそう言ってくれた。

「あら、表情に出ていましたか。品が欠けていましたね」

思わず苦笑するけれど、食事を摂れることが心から嬉しいので表情に出てしまうこと自体を自重するのは難しそうだ。

「いいえ、少なくともわたくしの前では、決してご遠慮なさらないでくださいませ」

「そうですか?」

真剣な表情をするので、笑みを漏らして思わず笑い声を上げそうになった。

けれどティアの言葉が嬉しかったのは本心なので、しばらくこの穏やかな気持ちを味わっていたい。

「妃殿下、本日も陛下から書簡が届いております」

ティアは、わたくしが紅茶を飲み終えるのを確認したのち声を掛けた。

「ありがとう」

アルベルト陛下は婚儀の翌日の朝から必ず毎朝書簡を送ってくださるので、今ではこのやり取りは恒例のことになっていた。

封書の返信も婚儀の翌日の朝から必ず行っているけれど、どこか書簡が届くのを待ち侘びている自分がいるので複雑な心中になる。

更に昨晩の陛下の笑顔が忘れられなくて、また胸が熱くなった。

ともかく書簡を受け取り、ペーパーナイフで封を開け、便箋を取り出し書面を確認すると……。

『体調は如何だろうか。もし大事がないようであれば、今晩セリス王妃を私の私室へ招待をしたいのだが、如何か』

嘘。これって……。

吐息が荒くなり力が抜けて、手にしていた便箋を思わず床の上に落としてしまった。

「妃殿下、如何いたしましたか？」

思わずティアに縋《すが》りつきたくなる。

まさか、こんなにも早く陛下から初夜の儀の要請がくるとは思ってもみなかったから、不意を突かれたというのもあるけれど……何よりも、どこか喜んでいる自分がいることが受け入れ難いのだ。

「……今晩、陛下がわたくしをご自身の私室に招かれました」

「まあ、それはよろしゅうございました」

便箋を拾い上げテーブルの上に置くと、ティアは満面の笑みで喜んでくれた。

その笑顔に胸がズキリと痛む。わたくしは陛下に対して後ろ暗い感情を抱いているのに、このように祝福してもらってもよいのかしら……。

「それでは、時間が近づきましたら今晩に向けてご準備をさせていただきますので、妃殿下につきましては、ご無理のない範囲でお付き合いをいただきたいと思います」

「分かりました」

初夜の儀の準備……。

前回のときも行ったので覚えているけれど、要はいつもよりも念入りに湯浴みを行ったり、心地のよい香りを身体に染み込ませるために香油を塗ったりするのだ。

夜に間に合わせればよいので、確か夕刻前から行ったはずだわ。

それにしても、この鼓動はしばらく静まってはくれそうにないわね……。


あれからわたくしの心はここにあらずで、長らくふわふわとした心地で過ごしていた。

わたくしのティーサロンの準備が整ったと侍従に案内してもらいながら説明を受けたけれど、いまいち概要が耳に入ってこなかった。

サロンは王宮の本宮の一階に位置し、元は応接間だった部屋を改装したそうなのだけれど、それはわたくしがお茶を嗜《たしな》むので外交の手段として使用できるようにと、陛下が改装の指示をお出しになられたとのことだ。

ただ、実際には宰相であるわたくしの父が陛下に進言し実現したようなのだ。

前回は王太后様やレオニール殿下を数回招くことはできたけれど、それ以外はあまり活用できなかったので今回は是非とも活用したい。

華美な装飾がふんだんに施され色とりどりの花々が飾られたその室内は、本来なら見ているだけで心が躍るようなのに、今のわたくしは今夜のことが気掛かりでどこか上の空でいる。

「お茶へのご理解の深い妃殿下であれば、存分にご活用をしていただけることでしょう」

「……サリー伯爵夫人、本日はお越しいただきましてありがとうございます。様々なお茶を楽しむことができて、有意義な時間でした」

「もったいないお言葉です。妃殿下のお役に立てることができたのならば、光栄でございます」

サリー伯爵夫人とのやり取りを終え、夫人を来客用の玄関まで見送り挨拶を終えると、わたくし付きの侍女が懐中時計で時間を確認し声を掛けた。

「妃殿下、そろそろ陛下との晩餐の時間ですのでご準備願います」

「分かりました」

その後、普段通り準備し陛下と共に食事をしたけれど、正直どういう態度で接してよいものか分からず、会話もほとんどなかった。

惜しまれるのはその料理をほとんど味わえなかったことね。なんて料理に対して不誠実なことをしてしまったのかしら。

晩餐が終わり私室に戻ると、間もなくオリビアとルイーズ、それからマリアが入室した。

「妃殿下、そろそろ湯浴みのお時間です」

鼓動が一気に跳ね上がる。

「分かりました。参りましょう」

「かしこまりました」

わたくしは私室のある住居宮へと、どこか現実味のない足取りで向かったのだった。

湯浴みは予てより、わたくしの私室の隣の個室で行っている。

部屋に置かれたバスタブは、半世紀ほど前から主に王国の上流階級で普及しているもので、取り付けられた熱魔術系統の魔宝具《まほうぐ》で、張った水を適温まで上昇させることができる便利な器具なのだ。用意してもらったお湯に身体全体で浸かり、オリビアの手で肌の汚れを念入りに綿紗《ガーゼ》で落としてもらいながら、わたくしはぼんやりとしていた。

前回の生では、婚儀の日から一カ月以上経ってから初夜の儀を行った。

あのときは心から陛下を愛していたので、抵抗感など全くなかったのだけれど、当の陛下はあまり気乗りをされていないご様子だった。

ただ、珍しくわたくしの体調を気遣ってはくれたけれど、いくらお医者様からは子供を産むのに問題がないと言われているとはいえ、虚弱体質のわたくしが子供を産むことが可能なのか疑問に思っていたのかもしれない。

元々、陛下はこの結婚自体わたくしの実家の公爵家との繋がりが必要だからしたのであって、確実に跡継ぎを残すためであれば側室を迎える可能性もあるのだ。

そう考えを巡らせると、たちまち脳裏にカーラのことが思い浮かんだ。わたくしは、どうしても陛下とカーラを連想させてしまうのだわ。

現時点で陛下がカーラと結びつきがあるのかどうかは分からないけれど、もしそうだとしたら、いずれカーラが側室に……。想像するだけで悪寒が走った。

ただ、今は陛下との初夜の儀が控えているので、カーラのことを考えられる余裕はほとんどなかった。

そもそも、カーラは自分自身が王妃になろうとしていたのだから、きっと自身から進んで側室に志願することはないのだろうけれど、……考えるだけでも悍《おぞ》ましい。

内心は穏やかではないけれど、順調に初夜の儀に向けての準備は進んでいく。

湯浴みが終わり大きめな布で水分を拭き取ったあとは、簡易的な寝台に横になりオリビアが優しく身体全体を揉《も》んでくれた。

そのあとはマリアに香油を全身に塗ってもらい、下着を身につけ純白のネグリジェに着替えた。袖口や胸元についたフリルが可愛らしいけれど、今はそれを愛でる心の余裕はないわね……。

「妃殿下。無事に、今日を迎えられましたね」

オリビアは安心しているのか、満面の笑みを浮かべている。

「……ええ。日頃オリビアや皆がわたくしを支えてくれたので、その賜物ね」

「妃殿下……」

オリビアは感慨に耽《ふけ》ったような表情をしたあとに言葉をつぐみ、カップをわたくしに手渡した。

「湯浴み後の白湯《さゆ》でございます」

「ありがとう」

それを、ゆっくりと飲んでいると心が落ち着いてくる。いつもよりも甘く感じるわ。

「それでは、そろそろお時間でございます。妃殿下、わたくし明日の朝も参りますので、ご安心くださいね」

緊張で固まっていた心が少しほぐれたように感じた。

特に、初夜の儀のあとの湯浴みは身体の変化を観察されるものだし、気心が知れているオリビアが来てくれるのなら、それだけで安心できる。

「ありがとう。とても心強いわ」

胸中は様々な感情に支配されているけれど、ともかくオリビアとマリアと共にわたくしの私室よりも奥に位置する陛下の私室へと歩みを進め、扉の前で立ち止まった。

「それでは、妃殿下」

「……ええ」

そして、オリビアが陛下の私室の扉を軽く四回叩いた。

「陛下、妃殿下をお連れいたしました」

すると、一呼吸置いてから「ご苦労だった。入室するように」と声が掛かる。わたくしはオリビアの方をチラリと見てから、意を決して扉を開きゆっくりと入室した。


わたくしが歩みを進めたのを確認すると、マリアは扉を閉めた。たちまち心細さが襲ってくる。

「セリス」

「は、はい」

陛下がわたくしの名前を呼んでくださった……？　前回は独身の時はセリス嬢と呼ばれてはいたけれど。結婚してからはほとんど面と向かって呼ばれたことはなかったのに……。

「こちらのカウチに腰掛けるとよい。固くならず楽にして欲しい」

「……ご配慮いただきまして、ありがとうございます」

目前に立っている陛下は黒のナイトガウンを着ていて、普段と全く違う装いにドキリとする。

心を落ち着かせるために軽く深呼吸をしながら部屋の中央に置かれた二人掛けのカウチに腰掛けると、陛下も向かいのカウチに座った。

「……予てから、そなたとは腰を据えて会話をしたかったのだ。もし差し支えがなければ、しばらく私に付き合ってもらえないだろうか」

「はい、……わたくしでよろしければ」

けれど、緊張で思考が鈍り何を話してよいのか見当もつかなかった。

すると、陛下の目線の先にガラスの水差しとグラスが二つ置いてあることに気がついた。確か、あれは蜂蜜酒ね。

それは、古来から初夜の際に飲まれていたお酒で、儀式はこの蜂蜜酒を新婦が新郎のグラスに注ぎ、お互いがそれを飲み干してから始まるのだ。

わたくしは水差しの中身を零《こぼ》さないように慎重に両手で持ち、二つのグラスにそれを注いだ。

「……どうぞ」

何とか言葉を絞り出して陛下に手渡したあと、わたくしもグラスに一口、口をつけてみる。

……甘くて美味しい。わたくしは十八歳で、すでに成年を迎えていてお酒は飲めるのだけれど、必要な時以外は口にしていないから、飲み慣れてはいない。

本来なら蜂蜜酒を飲み干したあとは、会話をあまりせずに共に寝台に入るのだと妃教育の際に教わった。もう少し古い時代だと、室内に仕切りを置きその向こうに見届け人がいたというのだから、時代が移り変わって心からよかったと思うわ。

「ときに、本日そなたのティーサロンの用意が整ったそうだな」

「はい。侍女を始め周囲の者たちの尽力のおかげで、無事に整えることができました」

前回の生の際は、陛下はわたくしのティーサロンに一度も訪れたことはなかったしその話題で会話をしたことすらなかったので、何か不思議な感覚だわ。

「今後、社交の場として活用していくとよいだろう。もし茶会を開くようであれば、その際に私に一度相談してもらえぬか？」

「茶会ですか？」

「ああ。まずは王族派の貴族の夫人を少人数誘う等、小さな範囲から行うとよかろう」

茶会……。

確か前回も開催しようとはしたけれど、その矢先に捕縛されて実際に行うことはなかったのだ。

「承知いたしました。ご配慮をいただきまして、ありがとうございます」

陛下がご提案くださったので茶会を開催しやすくなったわ。陛下の言葉通りまずはできる範囲内で考えてみようかしら。ただ、わたくしは交友関係が広くはないので、知り合いの貴婦人や令嬢に招待状を送っても参加してくれるかは分からないけれど……。

いいえ、一国の王妃が弱気ではいけないわ。何か対策を立てなければ。

それに上手くすれば、貴婦人方にも王都の現状を知ってもらうことができるかもしれないわ。

「そなたなら問題はないだろう。……私も後日、そなたと共にサロンへ訪ねても構わないだろうか」

「陛下がですか？」

意外に思ったので、思わず聞き返してしまった。

「ああ。予てから、そなたの淹《い》れた茶を飲みたいと思っていてな」

「……そうなのですね」

ますます意外に思った。

「わたくしでよろしければ、いくらでもお淹れいたしますので」

「ああ、楽しみにしている」

表情を和らげた陛下を見ると胸が痛んだ。

なぜだろう。心の中で感情が行き場をなくして彷徨《さまよ》っているような……形容し難い感情だわ。

何しろ、あの陛下がわたくしの淹れたお茶を飲みたいと仰ってくれたのですもの……。

すると陛下がそっと立ち上がり、わたくしの肩に手を掛け立ち上がるように促した。

「セリス」

囁《ささや》かれたと同時に優しく包み込まれるように抱きしめられた。

身体中に電撃のような衝撃が走り、鼓動が瞬く間に跳ね上がる。

「そなたが愛しい」

………？

思考が固まってしまった。

陛下が囁いたであろう愛の言葉も、中々心に浸透していかない。

先ほどまでの感情が急に遮断されていくようにも感じた。

「そなたと、共に歩んでいきたいのだ」

陛下はそっと離れて、わたくしの左の頬に掌《てのひら》を添えた。

そしてゆっくりと近づいてきて……。

その唇がわたくしに触れるか触れないかのところで、頭で理解するよりも先に身体が動いていた。

「やめてください」

ほぼ無意識に言葉を紡ぎ、気がついたときには両腕で力いっぱい陛下の身体を押しのけていた。

黒い感情が心中に泉のように溢れ出て渦巻いてくるのだ。

それは清らかな泉ではなく、どこまでも漆黒で救いのないものだった。

——わたくしの人生の中で一番辛かったあの法廷で、陛下はカーラと寄り添っていた。

わたくしの方に視線を向けることなく。

「あなたなんて、大嫌いです！」

言葉にすると、次から次へと黒い感情が溢れ出てくる。

同時に自分の発言の意味を理解したけれど、発することを止められなかった。

「わたくしは、身籠りたくはありません。民のために生きたいからです。それに……」

カーラのことを伝えようとすると、急に声が掠《かす》れて言葉に出すことができなかった。

カーラを愛するあなたに抱かれたくなんてないし、これからカーラがわたくしを陥れてくるのに大事な命を危険に晒したくはない。

それがたとえ、あなたとの子だとしても！

「そうか」

冷ややかな声が聞こえた。

途端にわたくしを支配されていた黒い感情が薄れ、代わりに自責の念が押し寄せてくる。

――なんてことをしてしまったのだろう。

よりにもよって初夜の儀の最中に陛下を嫌いだとか、子を身籠りたくないと言って……。

外で警護している近衛騎士に不敬罪で突き出されてもおかしくない状況だわ……。

「……そなたの心うちはよく理解した。子を成したくないのなら今はそれでよい」

……心底失望されてしまったのね。

涙が込み上げてくるけれど、そもそも陛下のことを傷つけるような言葉を発したのはわたくしなのだ。泣く資格なんてないわ。

「これまで私がそなたに自発的に関わってこなかったのも事実なのだから、忌む理由も理解しているつもりだ」

…………。

「だが、私はそれでもよい。今は夫婦の契りは交わさなくとも、そなたには私の拠り所になってもらいたい。身勝手な願いだが、叶わないだろうか」

止め処《ど》なく涙が溢れてきた。聞き間違いだろうか。

そうでなかったとしたら、どうして陛下は……。

「なぜ、寛容に接していただけるのですか……」

「そなたに惹《ひ》かれているのだ。真っ直ぐな強い眼差《まなざ》しで民を見ていたそなたに強く惹かれた。……それでは理由にならぬか？」

必死に首を横に振った。

「いいえ。……承知いたしました」

「感謝する」

陛下は優しくわたくしの頭を撫でて、ビューローからハンカチを取り出し差し出してくださった。

ハンカチで涙を拭うと、気持ちが少し落ち着いてくる。

それからは、しばらく陛下と共に二人掛けのカウチに腰掛けていた。

なんだか酷く疲れてしまったので、陛下の肩にもたれると陛下はそっとわたくしの肩に腕を回して支えてくださった。

伝わる温かい体温と陛下の力強い鼓動に、とても安心することができた。

——このまま、陛下に身を任せてしまいたい。

先ほどとは正反対の感情が沸々と湧き上がってくる。

わたくしは何なのだろう。

どうしてこんなにも身勝手なのかと、陛下の腕の中で自身に対して侮蔑の感情が渦巻いてくる。

そもそも、現状では陛下がカーラと繋がりがあるかどうかは分からないのに、なぜあれほどの感情が込み上げてきてしまったのだろう……。

「……疲れただろう。そろそろ就寝するとしよう」

優しく耳元で囁かれると身体が熱くなる。

まだ離れたくない。そう漠然と思うけれど、それを言葉にする資格はわたくしにはないと悟り小さく頷いた。

「そなたは寝台を使うとよい。私はカウチで寝るがゆえ」

「それはいけません。お身体を……悪くしてしまうかもしれませんから」

「よいのだ」

カウチに横になろうとする陛下を見ていると、胸が締め付けられるように感じる。

元はと言えば、わたくしがあのようなことを言ってしまったからなのに……。

「では、寝台を共にいたしましょう」

「……そなたは酷なことを……」

陛下は目を細めるけれど、わたくしと視線が合うと身を強張《こわば》らせる。

再びビューローの引き出しを開けて、何か透明な道具を持ち出した。

「しばし失礼する」

「……やはりか」

その道具の細長い先端をわたくしの額にあてると、道具の先端が緑色に発光した。

「如何いたしましたか？」

陛下はピタリと動きを止めて何かを考えたあと、軽く頷いた。

「まだ、確実なことは言えないので判明次第説明するが、……そなた」

「はい」

「こちらに訪れる前に、何か口にしなかったか？」

口に？　どういうことかしら。

「何もしていないですが……。そういえば湯浴みのあとに白湯は飲みました」

「……それは侍女に差し出された物か」

「はい。……確かオリビアからですが」

「……そうか。大方理解をした。蜂蜜酒に対しては前もって検査を行ってあるので、その可能性は低いだろうしな。……念のためにこちらの道具でも診させて欲しい」

「はい」

次に陛下が持ち出したのは、透明な石が先端に付いた細長い棒状の物だった。

それを再びわたくしの額にあてると、今度は何も反応がなかった。

「反応がないようだな。ひとまず大事はないようだ」

どうかしたのかしら。陛下は診ると仰ったけれど、わたくしに何か起きている……のかしら？

確かに少し身体が重たいような気がするけれど、いつもの体調不良と比べたら軽い方だし変わったところはないように思うわ。陛下に直接伺いたいけれど、何か真剣な顔で思案なされているので切り出し辛かった。

陛下はそっと立ち上がり、ビューローに向かうと手早く文を書き、室外に出て何者かと何かの会話を交わしたのちに戻って来られた。

「それでは今夜はもう休むとしよう。……心配ごとがあるゆえ、そなたには悪いが私と同じ寝台で眠ってもらえないだろうか」

「はい、元よりそのつもりでしたので」

「……そうか」

そして、陛下はわたくしに向かって右側の寝台に横になるように指示を出されて、魔宝具の灯りを消してからお互いに横になった。

そういえばその指示は妃教育の際に教えられたけれど、確かあれは「奇襲対策」だったと思う。

それは、常時行うことだから今がそういうわけではないのだとは思うけれど、なぜか身体が震えてきて、わたくしは無意識のうちに温もりを求めながら眠りについた。

◇

わたくしは、どこにいるのだったかしら。

不明瞭だけれど、全身がとても温かくて心地がよい。

この優しく包み込んでもらっているような、それでいて逞《たくま》しく頼もしいような感覚は何かしら……。

微睡《まどろ》みながらその感覚を楽しんでいると、急に首元に違和感を覚えた。

けれど、すぐに消えていったので、気にせずにしばらくそのままでいる。

その後、どれほど時間が経ったのかは分からないけれど、誰かがわたくしの頭を撫でているような感覚を覚えた。

「う……ん」

心地のよいその感触を確認したくて、そっと目を開いてみる。すると、そこには……。

「すまない、起こしてしまったな」

アルベルト陛下がいらした。

……そうだわ。昨晩は初夜の儀だったのだ。

あのときは黒い感情が渦巻いてきたけれど、今はそんなことはなく反対に陛下がわたくしを包み込むようにして寝台に横になっていることが心地よくて、ずっとこのままでいたいくらい……。

「……いいえ、むしろ心地がよいのです」

フワフワした感覚だからか、感じたことをそのまま口にしていた。

「その言葉は誤解を招くが、……純粋に喜ばしいな」

ボソリと呟くと、再び優しい手つきでわたくしの髪を撫でてくださった。心地がよい……。

「……セリス」

思わず意識が戻った。反対に思考が働かなくなり鼓動が高まってくる。

「おはようございます、陛下」

「ああ、おはよう」

……今わたくしは陛下に抱きしめられて、横になっている……？

昨日寝台に入ったときは離れて横になったはずだったけれど、いつの間にか近くに寄ったのかしら。

「あの、陛下……」

「どうかしたか？」

「その、いつの間にかわたくしは陛下のお傍に寄ったようですが……」

「ああ、目覚めたらそなたが傍で心地よさそうに眠っていたな」

「そうでしたか……」

ということは、わたくしが陛下に近寄ったのかしら。

陛下は眠ったときとほぼ同じ位置にいらっしゃるし……。昨夜の恥に上塗りしてしまったわ……。

ともかく起床しなければと思っていたら、察してくださったのか陛下が起き上がったので、少し間を置いてからわたくしも起き上がった。

すると、何か首元に幾つか違和感を覚えて何となしにそれらに触れていると、服装を整えていた陛下がわたくしに視線を移した。

「セリス」

「……はい」

未だに名前を呼ばれると全身が熱くなる。

「私たちは夫婦だ。そして昨晩は初夜の儀であった」

「……はい」

胸がズギリと痛んだ。

　わたくしが陛下に対して発した言葉を思わず思い出したのだ。

「……実のところ契りは交わしておらぬが、侍従には滞りなく儀式は終わったと報告する予定だが、よいか？」

　そうだわ。わたくしたちの結婚は個人のものではなく、国全体のものなのだから侍従に報告することは責務なのだ。

　……けれど、実際に行ってはいないので虚偽の報告となってしまうかもしれない。

「それは虚偽の報告となりませんか？」

「そうだな。……だが私はそれで構わないと考える。もし行われなかったと報告すればそなたの立場が悪くなるからだ」

　確かに、初夜の儀が行えなかった王妃は周囲から未熟者と認識されてしまうと、妃教育の際に教えられた。

　それなのにわたくしは、婚儀後すぐに行わなくてもよいとも言われていた。けれども、それは虚弱体質のわたくしにのみ適用された例外だったのかもしれない。

　よく考えると、自分自身のそういった部分を他人に知らせなくてはならないなんて、改めて王妃や国王の私生活は常に周囲に晒されているようなものだと実感した。

「……ただし、子は授かりものではあるが、長らく授からぬとそなたの立場が悪くなるやもしれない。……授かるかはともあれ、そなたには悪いが王妃の努めとして、最長でも半年ほど経ったら改めて契りを交わしたいと考えるが、よいか？」

再び胸がズキリと痛む。

何て温かい言葉なのだろう。わたくしのことを真摯《しんし》に考えていただいている。

反対にわたくしは陛下に対して何も返せていないし、それどころかあんな言葉を……。

「はい、承知いたしました」

陛下は頷きそっと寝台から降りると、テーブルから「魔宝具のベル」を手に取った。

昨夜は気にならなかったけれど、陛下の私室もとても広いわ。

大幅なサイズの天蓋付きの寝台が部屋の中央の壁沿いに設置されているけれど、それでも部屋の広さに対して決して大きくはなく、十分室内に自由に歩き回れる余地があるように感じる。

前回も訪れているはずなのだけれど、数回ほどしか訪ねていないし陛下の部屋を観察する心の余裕もなかったのであまり覚えていないのよね。

「それでは、そろそろ侍女を呼び出そうと思うが、よいだろうか」

「はい。ありがとうございます、陛下」

陛下はベルを鳴らそうとしたけれど動きを止めて、寝台の上に座るわたくしの傍まで移動した。

「……隠蔽工作として、首元に印をつけておいた。これから侍女による湯浴みがあるので、必要だと判断したのだ。加えて、これから半月に一度は房時があるが、その度にそれは行うつもりだ。……不都合があればやめておくが、如何か」

隠蔽工作……。

そうか、先ほどの感覚はそういうことだったのね。

確かに、何かしら分かりやすい証拠を残した方がよいのだろうけれど……。

――みるみる内に顔が熱くなってきた。とても気恥ずかしい……。寝ている間に行ってくれてよかった……のかしら……。

けれど、そもそも昨晩はもっと具体的なことを行う予定のはずだったのだし……。

「……はい、問題ありません」

「そうか」

陛下は、どこか安心したような表情をされたあとにベルを鳴らした。

それにしても「夜伽《よとぎ》を行いたくない」という身勝手に、どうしてここまで陛下が対応してくださるのか考えあぐねていた。

すると、ふと昨夜の陛下の言葉が過る。

『そなたに惹かれているのだ。真っ直ぐな強い眼差しで民を見ていたそなたに強く惹かれた。……それでは理由にならぬか?』

思い出したら胸が苦しくなって、思わず顔を寝具で覆って隠した。

今陛下にこの複雑な表情をお見せすることなんて、とてもできないと思ったから。

その後、わたくしは二人の侍女と共に陛下の私室を退室し、湯浴みを行うための個室へと移動した。

湯浴み部屋へと到着すると、侍女のルイーズに補助してもらいながらネグリジェを脱ぎ、シュミーズ姿になる。

傍で見守っていた侍女のマリアがそれも脱がしてくれ、予め張ってあったお湯に静かに浸かる。

ああ、とても心地がよいわ。

お湯の温度もちょうどよいし、ルイーズがわたくしの肌を綿紗《ガーゼ》で撫でる動作も、バスタブに薔薇の花びらが浮かぶ様子も、その要素全てが安心できる。

「昨晩は如何でしたか」

穏やかなルイーズの声にドキリとする。

確かこれは、初夜の儀のあとの形式的な質問だったわね。

まさか、取り乱しましたと本当のことを言うわけにもいかないし……。

「ええ、とても素敵な夜でした」

何とか顔を引きつらせないように気をつけながら、無難な言葉を選んだ。

せっかく、陛下が虚偽の報告をするとご提案してくださったのだから、それを無駄にするわけにはいかないわ。

「……左様でしたか。それはよろしゅうございました」

ルイーズはわたくしの腕を優しく綿紗で撫でると、チラリと首元を見てから視線を戻した。

どうやら、陛下がつけた「偽装工作」は功を奏しているようね。

……やはり陛下の判断は正しかったのかもしれない。他にもシーツを乱す等の工作を行っていただいたようで、申し訳が立たない……。それにしても、最初からそうだと言われていたら気恥ずかしさから躊躇《ためら》っていたことは間違いないわね……。

そう思案していると、いつの間にか湯浴みの全行程が終わっていて、ルイーズに補助してもらいバスタブから出た。大きめの布で水分を拭き取ってもらったあとにシュミーズを身につけると、湯浴み部屋と直接繋がる扉から私室へと戻る。

ドレスを選ぼうとワードローブの前に立っていると、マリアが穏やかに声を掛けた。

「妃殿下。これから侍医のライム様がお越しになる予定ですので、ご用意をお願いいたします」

「お医者様ですか？」

「はい。陛下が御自ら手配するように指示を出されました。おそらく初夜の儀のあとですので、きちんと診察をしていただきたいとのご判断をなされたのかと存じます」

診察……。そうだわ。わたくしは昨夜、初夜の儀を行ったことになっているのだから、念のためにお医者様が診察なさってくださるのね。そういえば、前回の生の際もお医者様に診てもらったのだけれど、あのときは陛下自らではなかったので、これも陛下の偽装工作なのかもしれないわ。

「分かりました。用意をしておきますね」

「はい、よろしくお願いいたします」

その後、すぐに侍医のライム先生がいらして先生の指示で人払いをしてから視診、触診、問診と首尾よく進めていただき、特に問題がないとご判断をいただいた。

「どこも異常がないようなので安心いたしました」

「はい。先生ありがとうございました」

ライム先生は心から安堵した様子だ。

「いえ。……陛下がとてもご心配をなさっているとのことですぐに参ったのですが、きっと陛下もご安心なさいますね」

「はい」

陛下は偽装工作のためにライム先生をお呼びした、のよね？

ただ、その割にはライム先生は何かに対して心から安堵した様子のようだけれど……。

そう考えを巡らせると、昨晩陛下が何かの器具を持ち出したことを思い出した。

もしかして、ライム先生の診察は昨晩の件と何か関わりがあるのかしら……。

それから、ライム先生が退室したのとほぼ同時にマリアとルイーズが入室したので、身支度を行うためにワードローブの前へと共に移動した。

今日のデイドレスをガーネットのドレスに決め、ルイーズの補助でコルセットを締めてもらった。

それから着替えを始めると、ふとオリビアのことが気に掛かる。

昨夜は別れ際に今朝も訪れると言っていたけれど、実際に陛下の私室の前にいたのはルイーズとマリアだったから疑問に思ったのだ。

オリビアは、実家から付いてきてくれた侍女の一人で、わたくしが心から打ち解けて話をすることのできる数少ない侍女でもあるわ。

そんなオリビアは、今まで彼女自身が言ったことを蔑《ないがし》ろにしたことはなかったし、……なぜかしら。とても嫌な予感がする……。

「妃殿下、陛下から書簡が届いております」

「あら、ありがとう」

カウチに腰掛けて思案していると、マリアが封筒を差し出してくれた。

いつもは朝食後にくださるのだけれど、今朝は少し早いのね。

……そうだわ。封筒を開ける前にマリアに訊ねなければ。

「マリア、オリビアは今朝こちらを訪ねると言っていたけれど、まだ姿が見えないようですね。どうかしたのですか？」

マリアはピタリと動きを止めて、少しだけ間を空けてから柔らかい表情に変わった。

ただ、少しだけ表情が引きつっているようにも見える。

「オリビアは侍女頭様に急用を言付けられましたので、代わりにわたくしが参った次第です」

「そうだったのですね」

それならよかったけれど、漠然とした不安が消えないのはなぜなのかしら……。

ともかく書面を確認すべく便箋を取り出し一読した。

『今日も晩餐を共にしたいと思うが、如何か。いつもそなたを想っている』

たちまち、心臓が跳ね上がった。

なぜかしら。前回はこんなことはなかったのに、どうして今はわたくしのことを気に掛けてくださるのだろう……。

『そなたが愛しい』

改めて昨夜の陛下の言葉が過ると、再び顔が熱くなった。

わたくしは今の陛下のことを、本心ではどう思っているのだろうか。

……未だに、前回の生での法廷のことを思い出すとたちまち心中に黒い感情が渦巻いてくるのだけれど、それでも婚儀のときよりそれは大分薄まっている。

正直なところ戸惑いも大きいけれど、陛下の手を取りたいという気持ちもあるのだ。

けれど、……やはりカーラとのことが気に掛かる。

今の時点ではカーラと繋がりがあるのかは分からないけれど、ひょっとしたらカーラがわたくしの侍女になったあとに繋がりを持つのかもしれない。

そう思うと、ズキリと胸が痛んだ。

そうよ。もし陛下を愛したら、きっといつかは裏切られる。側室を持つのは仕方がないこととはいえ、相手がカーラだとしたら話は全く違うわ。

本音を言えば、カーラが侍女になること自体を断固として止めさせたいのだけれど、カーラの実家の侯爵家の力が絡んでいて残念ながらそれは叶いそうにないのだ。

……けれど、わたくしはそれらを含めてもきっと陛下から逃げてはいけないのだと思う。

陛下と真に向き合いたいけれど、今はもう少しだけ心を整える時間が欲しい。

そう思案しながら、了承の旨を便箋に記し封筒をルイーズに手渡した。

「それでは、届けて参ります」

「よろしく頼みますね」

「かしこまりました」

ルイーズを見送っていると、マリアがそっと切り出した。

「妃殿下、のちほど晩餐の際のドレス選びのお手伝いに参りますので」

「……ありがとう」

マリアの笑顔にたちまち罪悪感を抱いた。

……それはきっと、陛下に対して後ろ黒い感情があることに対してのものだと思う。

今のままではいけないと、より強く陛下と向き合う決意を心に抱いた。

◇

時は遡り、アルベルトとセリスが婚儀後、初めて晩餐を共にした日から五日が過ぎた日の昼頃。

現在、アルベルトは自身の執務室で政務長官であるモルガン・シーラーと、ラン王国における魔石鉱山の現状についての打ち合わせを行っている最中であった。

モルガンは栗色の短い髪と、切れ長の目が印象的な青年である。

「……よって、我が国の魔石の産出量は安定していると言えるでしょう」

「そうか。ならば国内での消費分は問題ないな」

「はい。加えて他国への輸出分に関しましても供給量を確保できる見通しです」

「そうか。……ならばひとまず安堵した。……だが」

それ以上の言葉は口外しなかったが、モルガンはすぐに察したのか懐から懐中時計を取り出すと、そのダイヤルを回した。

——するとたちまち発光し、二人の周囲に青色の光の膜が張られスッと消えていく。

「これで、滅多なことでは我々の会話は外部に漏れないでしょう」

「ああ」

先ほどモルガンが取り出した懐中時計は魔宝具であり、それは対象の人物らの会話の盗聴を防ぐ効果があるのだが、その効果は十分ほどで切れてしまうのだ。

「陛下、手短にお伝えいたします。隣国ドーカルの動きが芳しくありません」

「やはりそうか」

「はい。ドーカル王国から間者が複数潜んでおりその何名かを捕らえられたのですが、彼らは直接国の中枢から指示を与えられている訳ではなく、なかなか司令塔を炙《あぶ》り出せないでおります」

アルベルトは小さく頷くと、すでに他の筋から報告が上がっている情報と照らし合わせていく。

「どうやら、我が国の内にも間者が入り込んでいるようだな」

眼光を光らせるアルベルトに対して、モルガンは青ざめたが意を決するように頷いた。

「はい。私どもの調査では、ビュッフェ家が第一に疑わしいと睨《にら》んでいます」

「ビュッフェ家か」

アルベルトは思わず動きを止め、小さく息を吐いた。

「ビュッフェ侯爵家の長女カーラ嬢が、約三ヶ月後に妃殿下付きの侍女として仕える予定ですが、自身の子女をこの時期に王宮に潜らせるということは、おそらく……」

「魔石や魔宝具に関する、機密情報を探らせるためだろう」

「はい。……ですが、下手に手を出せば言いがかりをつけられたと、国内の貴族派らを刺激することになりかねません。どうにか、婚儀後すぐに妃殿下付きの侍女にとのあちらの希望を阻止することはできましたが……。とは言え、こちらも策を立てないわけにはいきませんが、あまりその選択肢があるとも言い難いのが現状です」

「……王妃に危害が加わるようなことは、決してなきようにしなければならない」

アルベルトの表情はかわらず無表情であるが拳に力を入れており、自分自身でも動揺をしていることを自覚した。

「恐れながら陛下。妃殿下に前もってこのことをお伝えしては如何でしょうか」

「……駄目だ」

「それは、なぜでしょうか」

「前もって王妃に知らせたことにより、ビュッフェ侯爵令嬢に対し王妃が警戒するようになるやもしれない。そうなれば、不自然に思われ反対に身が危うくなる可能性もある」

そうは言っても、間者が王妃の侍女として紛れ込む状況は芳しくないことはアルベルトも分かってはいたが、対抗策を中々見出せずにいた。

「そもそも、魔石や魔宝具に関する情報は我が国の機密情報の中でも最上位だ。その情報を不正に入手したともなれば、極刑が下されることになる」

「やはり、間者を炙り出すのですね」

「ああ。そのためなら、たとえ私自身が身を削っても構わない」

「陛下。滅多なことは……」

発言なされなきよう、と小さく呟いたあとモルガンは黙した。

目前で覚悟を決めたような表情をしているアルベルトに気がついたからだろうか。

「王妃に危害が加わるようなことを避けるためにも、こちらも十分対策をしておく必要があるな」

「仰るとおりでございます。それでは、早速これから秘密裏にことを進めますがよろしいでしょうか」

「ああ、くれぐれもよろしく頼む」

「かしこまりました」

モルガンが頷くとほぼ同時に、再び白光が二人を包み込んだ。魔宝具の効果が切れたのだ。

それに伴い、アルベルトは話題を変更することにした。

「ときに、王妃からそろそろ公務を始めたいと申し出があった。ついては、王妃の体調に合わせた公務を調整してくれないか」

「妃殿下がですか？」

途端にモルガンの表情が訝《いぶか》しげに歪《ゆが》んだので、アルベルトは不快に感じた。

「何か問題があるのか」

「恐れながら、妃殿下は晩餐会後にお倒れになられてからあまり日は経ってはおりません。ご公務をなさるのは時期尚早かと」

「誠に理由はそれだけか？」

見透かされたと思ったのか、モルガンは肩をすくめた。

「恐れながら、妃殿下は陛下との初夜の儀を行っておりません。まずはそれがお済みになられてから御公務に励まれたら如何でしょう」

「……初夜の儀か」

アルベルトは再び小さく息を吐き、今度は軽く目も瞑《つむ》った。

「何か、気乗りされないご理由があるのですか？」

「そう言うわけではないのだが。了承した。心得ておこう」

「はい。……ただ、三日後に王都の大広場で炊き出しがありますので、その規模程度でしたらおそらく今の状況でもご参加いただけるかと存じます」

「そうか。ならば、のちほど詳細を王妃に説明しておくように」

「かしこまりました」

モルガンは一礼すると、そのまま扉へと向かった。

「シーラー政務長官」

「はい」

モルガンは動きを止め、アルベルトの方に向きを戻し執務机まで寄った。

「提案だが、来月の頭に行われる王宮魔術師長の就任式典における開会の儀での祝辞を、本来ならば私が行う予定だったが、王妃に改めるのは如何か」

「妃殿下にですか？」

「ああ。……王妃は先の婚儀の晩餐の際では、堂々とロナ王国の使節とロナ語で会話をしていた。本人も強く公務を行うことを希望しているので提案したのだが、検討してはくれぬか」

「……そうですね。祝辞の文はすでにこちらで用意したものがありますし、妃殿下にとって婚儀後初めての公式のご行事ですから私も最適と考えます」

「それではその通り進めてくれ」

「かしこまりました」

モルガンは一礼すると、速やかに退室した。

それを確認すると、アルベルトは深く執務椅子に腰掛け、先ほどに初夜の儀の件を持ち出したモルガンの言葉が頭に過り思案した。

――まだ少年だった頃、初めてセリスと出会ったあの庭園での出来事が思い浮かぶ。

（セリスは幼き頃から虚弱体質ゆえ、初夜の儀は遅らせた方がよいと判断していたが、……実のところ、近頃の彼女を見ていると胸が熱くなる）

その後、アルベルトは便箋を取り出し万年筆を走らせたのだった。

第六章　セリスの真実

Nidome no jinsei deha Okazari Ouhi ni Narimasen!

初夜の儀の翌日の朝。

わたくしは私室で朝食を摂ったあと、先日市場で出会ったデービス夫人からお礼の便りが届いたとティアから封書を接されたのでその文面を一読した。

『拝啓　仲夏の候、妃殿下におかれましては、ますますご健勝のこととお喜び申し上げます。つきましては、このような便りにて感謝の言葉をお伝えすることをお許しください。妃殿下の迅速なご配慮により無事にことなきを得ました。あれから体調不良もなく、お医者様からも問題がないと診断していただいております。ご心配をお掛けいたしました。妃殿下は私共家族の命の恩人です。本当にありがとうございました。　敬具　ビアンカ・デービス』

……デービス夫人。本当によかった。問題がなかったようで安心したわ。

加えて、このような個人的な心がこもった手紙はやはりとても嬉しい。

デービス夫人が無事に出産の日を迎えられますように。

わたくしは両手を組んで神に祈りを捧げたあと、すぐに便箋を取り出して返事を書き始めた。


その後、わたくしは久しぶりに私室で刺繍をしていた。

元より、初夜の儀のあとは王妃の身体を考慮して翌日は予定を入れないのが慣例となっているのだ。

今日は絹のハンカチに青い小鳥のモチーフを刺している。

これは日頃の感謝の証に、以前小鳥が好きだと言っていたオリビアに渡そうと思い刺し始めたのだけれど、肝心の彼女を今日はまだ一度も見かけていなかった。

マリアの話によると、オリビアは侍女頭のティアに用事を言付けられたらしいのだけれど、もう十五時を廻っているし、そろそろ姿を見かけてもおかしくない頃合いよね。

「妃殿下、お茶をお持ちいたしました」

思案していたら、丁度ティアの声と共にノックの音が響いた。

「はい、どうぞ」

「失礼いたします」

静かな所作で入室し、室内の隅の椅子に座っているわたくしの傍までワゴンを押して立ち止まり、速やかに準備を始める。

カチャカチャという心地のよい音を聞きながら、話を切り出す機会を窺った。

そうね。今なら他に誰もいないし、とてもよいタイミングかもしれないわ。

「ティア」

「はい、如何いたしましたか？」

「オリビアの姿が朝から見えないようなのだけれど、どうかしたのかしら？」

ティアの身体が硬直したように見えた。

「……オリビアは実家から呼び出しがかかり、急遽《きゅうきょ》実家に戻りました」

「それは誠《まこと》ですか？」

「はい。一週間ほどお暇《いとま》をもらいたいと申し出たあと、今朝早々に出立しました」

「そうだったのですか」

オリビアがわたくしに対して、何の挨拶もなく実家に戻った？

そんなことがあるわけがないわ。それに、昨夜オリビアはわたくしが初夜の儀を迎えたあと、様子を気に掛けたいから今朝も来訪すると言っていたわ。

そんな、オリビアが急にいなくなるなんて……。

そもそも、マリアの話だとオリビアはティアに急用があるからと今朝何か言付けられたとのことだったけれど、先ほどの説明と食い違っているわね。

——悪寒が走った。

わたくしの知らないところで何かが起きている。

そう思った途端、昨夜アルベルト陛下がビューローで万年筆を走らせていたことを思い出した。

そうだわ。その前に確か陛下は「何かを口にしなかったか」とお訊ねになられたのだ。

わたくしが「オリビアが手渡した白湯を飲んだ」と答えたことにより、オリビアがいなくなったことを考えると……。

昨晩わたくしの身に何かが起きていて、その実行者がオリビアだと判断されてしまった？

だとしたら、あのときわたくしがあんなことを言わなければ……。

いいえ。まだ仮定の段階だし何も分からないわ。

ともかく、今晩の晩餐の席で陛下に伺ってみなければ、状況を把握することはできそうにないわね。

ティアも自身の立場があるでしょうから、軽はずみに彼女に質問するわけにもいかないし……。

「……分かりました。では、オリビアに手紙を書きますので、あとで彼女の実家に届けてもらえますか？」

「かしこまりました」

ティアはすぐに了承の旨の返事をしてくれたけれど、その実、その手紙がオリビアの手元に届く可能性はほとんどないのだと直感で悟った。

先の約束通り晩餐のためのナイトドレスはマリアと一緒に選び、今日は宮廷用のレッドパープルのドレスを身につけた。

先ほどまで身につけていたガーネットのドレスもそうだけれど、明るい色のドレスは身につけているだけで気持ちが高揚するように感じる。

今晩の晩餐では陛下にオリビアのことを聞き出さなくてはいけないから、普段よりも一層気を引き締めなくてはいけない。

食堂に入室すると自席に座り、長いテーブルの隔《へだ》った陛下の席をチラリと見やる。

陛下はまだ来られていないようね。

これからのことを考えると、心臓が高鳴ってきた。陛下ともキチンと向き合いたいけれど、あくまでもそれはオリビアの事情を把握してからだわ。

「すまない、待たせただろうか」

陛下が入室して来られたので、その場で静かに立ち上がり両方のスカートを掴んでカーテシーをする。

「本日も晩餐にご招待いただき、大変光栄でございます」

「いや、……よいのだ」

形式的な挨拶を述べたのだけれど、どこか陛下の目は憂いを含んでいるように感じた。

いつもと同じ内容の挨拶なのだけれど、どうかしたのかしら？

そう思いつつも着席し、晩餐は着実に進んでいく。

デザートのチーズケーキを銀のフォークでそっと掬《すく》い、ゆっくりと口に運ぶ。

ほろりと溶けていくそれは、永遠に食べていたくなるほど心地がよかったけれど……、オリビアのことが気掛かりで実のところあまり味がしなかった。

「……そなたの体調に、変わりがないようで安堵した」

陛下のその言葉で、今朝陛下がわたくしの侍医のライム先生を呼んで下さったことが過《よぎ》った。

そうだわ。そろそろ、その件を含めてこちらから切り出さなければ。

「様々なご配慮をいただきまして、心より感謝いたします」

「いや、よいのだ」

そっと微笑まれた陛下を見ると、胸が締め付けられるように感じた。

「陛下。つきましてはご質問があるのです」

「質問？」

「はい。大変恐縮ですが、少しの間、人払いをお願いしたいのです」

真っ直ぐ陛下と視線を合わすと、陛下も視線を逸らさず一呼吸置いて小さく頷いた。

同時に何かを察したような表情をされた。

「了承した」

陛下が右手を挙げ、常に傍に控えている近衛騎士、侍従長、侍女、給仕たちを下がらせた。

近衛騎士に関しては有事の際にすぐに対応できるようにするためなのか、自身の剣の鞘に取り付けられた魔宝具《まほうぐ》を取り出し発光させ、何らかの魔術を発動させてから退室した。

人払いをするのは、前回の生も含めて初めてなので緊張するわね。

「……して、質問とは何だろうか」

その声は思いの外柔らかくて、正直に言って切り出す身としては有難いわ。

「単刀直入に申し上げます。オリビアは今どこにいるのでしょうか」

陛下は少しだけ眉を上げたけれど、すぐに表情を戻された。

「リバー子女なら、所用ができたので彼女の実家に戻っているはずだが」

「……そう伺っておりますが、あのオリビアが、わたくしに何の挨拶もせずに実家に戻るなど考えられないのです。それにオリビアはわたくしの身を案じて、今朝も訪れると言ってくれていました。……何かあったとしか考えられないのです」

陛下の言葉を否定するような意見は、通常であればまかり通らないので、これは決死の覚悟での言葉だった。

「……彼女はそなたにとって、かけがえのない存在なのだな」

「はい」

強く頷いた。何しろオリビアは、わたくしが公爵令嬢だったときから献身的についてくれ、何よりも牢獄にいたわたくしに対して何度も差し入れを持って面会に来てくれたのだ。

とても大切な存在だわ。

「……まだ不明瞭なことなので、確信を得られ次第伝えるつもりではあったが……、そうだな、今伏せておくのはそなたの精神衛生上好ましくないな」

「……では、やはり……」

「ああ。リバー子女にはある疑惑があり、現在王室の警備隊の方で事情を聞いている。もちろんあくまで任意での同行であり、危害を加えるようなことは決してしない」

「任意での……同行……」

背筋が凍りついて、冷や汗が止まらない……。掌《てのひら》をぐっと握り、思っていたよりも事態は深刻だと実感した。

陛下は手元に置かれた水を一口含むと、そのグラスを静かに再びテーブルの上に置いてからわたくしの方に視線を移した。

そして、しばらく沈黙が続く。

陛下からは話を切り出さないようだし、わたくしから切り出してもよいという合図だと受け取っても許される……のかしら。

「……陛下。オリビアが警備隊に連れて行かれたのは、わたくしが昨夜飲んだ白湯を手渡したのが、オリビアだったからなのでしょうか」

この問題からは絶対に逃げては駄目。

緊張からか、喉が焼けるように熱いけれど、それは今関係がないわ。

「……ああ、そうだ。この件は、現時点よりも詳細が判明したあと、そなたに打ち明ける予定だったのだが、そこまで察しがついているのであれば隠しておく理由はなかろう」

「オリビアは、ただわたくしに対して白湯を手渡しただけです」

「ああ。だが、昨夜そなたが口にした白湯には、ある魔術薬が混入されていたのだ」

「魔術薬……ですか？」

胸の鼓動が早鐘のように打ってくるけれど、打ち明けてくださったことにより胸のつかえがストンと取れてそのまま腑に落ちた。

　ということは、もしかしたらその魔術薬は……。

「王妃に薬を盛るなど、本来、断じてあってはならぬことだ。加えてこういったことがなきように、普段から王宮中に感知魔術を張り巡らしているのだが、件《くだん》の薬はそれをすり抜けられるような代物だったらしい。毒であればすぐに感知されるのだが、あえて毒を使わず直接害を及ぼさないような類《たぐい》の薬を使用してきたところに、首謀者の狡猾さが垣間見えたと言える」

　だから陛下は、今朝早くに主治医の手配してくださったのね。

　そう思うと胸の奥がじんわりと温かくなってきた。

「けれど、その白湯はたまたまオリビアが手渡しただけであって、オリビアが魔術薬を盛った証拠にはなり得ないと思います」

「……その点なのだ」

「……どう言うことでしょうか」

「我々も当然そう考えた。だが、王宮魔術師がいくらリバー子女や証拠品に逆行魔術を試みても、彼女がポットでカップに白湯を注ぐ場面やそのポットにケトルで湯を注ぐところの確認が取れたのみなのだ。彼女自身が実行した証拠もないのだが、反対に容疑が晴れる証拠もない状態だ」

「そんな……」

　そんなことがありえるだろうか。

　確か逆行魔術は、対象者の記憶や対象物の状態を確認することができる魔術で、それは高度な魔術なだけに非常に正確なのだと一般的な知識として聞いたことがあった。

そうであれば、どうして……。

ただ、わたくしの中で何かが引っ掛かった。

何か今のような状況を、わたくしは知っているような気がする。

「であるから、しばらく彼女の身柄はこちらで預かることになる」

「オリビアは王室の留置所にいるのですか？」

「いや、流石に容疑がない者を留置所に送ることはない。彼女は現在、王宮内の安全な場所に移ってもらっている」

「……それを聞いて安心いたしました」

よかった。オリビアがもしあの留置所に入れられてしまったら、どんなに心寂しいだろうと想像するだけでも悲しくなる。

「陛下。バルケリー卿は、オリビアに対して逆行魔術を使用したのですか？」

瞬間、陛下の眉がつりあがったけれど、すぐに戻った。

「……いや、聞けば彼は子女と親しき間柄ゆえ、不正を働く可能性もあるので招集することはできないのだ」

「ですが、バルケリー卿が不正を行いもしそれが発覚をするようなことがあれば、更にオリビアを窮地に陥れてしまいます。卿はオリビアと親しいからこそ、そのようなことは行わないと思うのです」

「やけに、バルケリー卿の肩を持つのだな」

陛下はどこかつまらなそうな声色でそう言った。

なぜかバルケリー卿の話題を出すと、いつも決まってこの声色になるのよね。どうしてなのかしら。

「そのつもりはありません。……これは、あくまでもわたくしの考察による推論に過ぎませんが、今回の件は白湯に盛られた薬が何の薬だったのかはともかく、薬を盛ったという時点で、おそらくわたくしたちの初夜の儀を台無しにさせようとした者により計画されたことだと思うのです。第一、自分に容疑が向けられる危険を冒してまでそれを行って、オリビアに何の得があるのでしょうか」

「そうだな。ただ、そなたにこのようなことを伝えるのは心苦しいのだが、……初夜の儀がそなたの起因で上手くいかなければ、そなたの立場が悪くなる可能性が高いのはそなたも分かっておろう。子女は、それを狙ったとも考えられるのだ」

陛下からの言葉を、自分でも不思議なくらい冷静に受け取ることができた。

そして、確固たる確信が湧き上がってくる。

「オリビアがわたくしを落とし入れることを考えるなど、あり得ません」

ふと目を閉じると、湯浴みのあとのオリビアの穏やかな笑顔が浮かんだ。

これからわたくしを陥れようと考えている人間が、あのような表情はできないと直感する。

「ならば、そなたには他に得になりうる者の心当たりがあるのか？」

「それは……」

再び目を閉じて思案をすると、すぐにある女性が浮かび上がった。

艶のある長い黒髪が印象的な……カーラだ。

けれど、何の証拠もないのだし流石にこのことをそのまま伝える訳にはいかないわ。

「分かりませんが、ともかくオリビアは関係がないと考えます」

「……そうか」

それにしても、首謀者をカーラだと仮定するとしたらカーラはまだここにはいないのに、どうしてこのようなことができるのかしら。

……もしかして、共犯者が内部に……いる？

そもそも、どのような手段で薬を手に入れ、逆行魔術に引っ掛からないようにしたのかしら……。

「陛下。やはりバルケリー卿に願えませんか」

前回の生での記憶の中のバルケリー卿は、魔術師の中でも一番強力な魔術を使用していた。

加えて魔術に関しての知識も豊富な方《かた》なので、卿であれば何か糸口を掴めるのかもしれないわ。

「……そうだな。であれば、バルケリー卿が不正を犯さないよう、常に見張りをおくことになるが」

「……本人が承諾をしましたら、そのようにしていただきたいと思います」

「了承した」

そして一通り話をしたあと早速陛下が手配をなさり、翌日バルケリー卿と不本意な形ではあるけれど、今生での初対面を果たすことが叶ったのだった。

翌日の十三時頃。

今回の面会は非公式なので謁見の間ではなく王宮の応接間にバルケリー卿を招致し、陛下が一通り説明を終えると、卿は開口一番に快諾してくれた。

「ああ、構わない。それで彼女の容疑が晴れるのであれば、いくらでも見張りを立ててくれ」

バルケリー卿は、栗色の短めの髪に鋭い淡褐色の瞳が印象的な青年だ。

体格は中肉中背で、王宮魔術師専用の黒のローブを羽織っている。

それにしても、陛下に対しての言葉遣いに関しては、侍従長や近衛騎士が聞いていたら目くじらを立てるかもしれないわね。

「了承した。では早速手配しよう」

陛下はすぐさま政務長官を呼び出して指示を与え、「三時間後に本宮の第二玄関で待つように」と言い残して、ご自身の執務室へと戻られた。

政務長官のモルガンの話によると、陛下はその三時間の間に本日の御公務を瞬く間にこなして終わらせたとのことで、わたくしは思わず感嘆の息を吐いた。

「陛下はご多忙な方ですが、最近は妃殿下との晩餐に間に合わせるために、より迅速に手際よく御公務をこなされているようです」

「……そうでしたか」

初耳だったので驚いたけれど、確かに前回の生では陛下は御公務で忙しくてほとんど晩餐を共にすることができなかったのだ。今生では、相当にご配慮をいただいていたのね……。

罪悪感もあるけれど、純粋に陛下のお心遣いが嬉しかった。

そしてわたくしはというと、正直に言ってオリビアのことが気掛かりで心は穏やかではなかったのだけれど、今は自分ができることを行うべきだと思い、私室で我が王国内の貴族の名簿に目を通してわたくし主催のお茶会の下準備をしていた。

自分のできることを行うことで、目前の問題にも向き合うことができると思ったからだ。

約束の時間が迫ると、わたくしたちは集合場所の第二玄関へと集まった。

バルケリー卿の隣には、陛下がお選びになった監視役のエモニエ一等級王宮魔術師も招致されていて、緊張しているのかその表情は硬かった。

そして、居住宮よりも北に一棟離れた離宮へと、更に数人の近衛騎士を連れて極秘裏に移動した。

オリビアはここに軟禁されていたのね……。

それから、離宮の出入り口から足早に立ち入り、階段を上った先の突き当たりにある個室の前まで進むと陛下と近衛騎士は歩みを止めた。

どうやらこの部屋のようだけれど、……何かしら。この部屋の扉から何か異様な気配を感じるわ。

陛下が懐から翡翠《ひすい》のような珠《たま》が付いたペンダントを取り出し、それを扉に翳《かざ》すと——たちまち目の前に円形の緑色の眩《まばゆ》い光が現れた。

これは何かしら……？

「魔法陣です、妃殿下」

目を白黒させていると、背後からバルケリー卿が囁いた。

わたくしに対しては丁寧な口調なのね……。

「そうでしたか。驚きました」

「……妃殿下。あとで折り入ってお話がございます」

「お話ですか？　それはどう言った内容でしょうか」

「……妃殿下は、ご自身のことをよくご理解なされているのでしょうか」

――時間は止まったように感じたけれど、反対に胸の鼓動は瞬く間に跳ね上がった。

確かルチアも、以前に同じことを言っていたわ……。

「何のことでしょうか」

「やはりお気づきではないのですね。それではのちほど」

「王妃に話があるようなら、私も同席しよう」

わたくしたちの間に突然陛下が入ってこられたので、わたくしとバルケリー卿は虚を衝かれた形になったけれど、卿は涼しい顔をしている。

「私はあくまでも、妃殿下に話があるのだが」

「私が同席したら、何か不都合なことがあるのか？」

「ああ、そうだ」

「バルケリー卿。今はオリビアと面会することの方が先決です」

危なかったわ……。

こともあろうに、どうして卿は陛下に席を外すように促すのかしら……。

そんなことをしたら、陛下や周囲から「不貞を働いた」だなんて今生でも誤解を受けることになってしまうかもしれないわ。

「……そうですね。失礼いたしました」

バルケリー卿が小さく頭を下げると、陛下がすかさず二回扉を叩いてからドアノブに手をかけて扉を開いた。

「失礼する」

そうして陛下が入室したのを確認し、わたくしも続いて入室すると、そこには――

「オリビア……」

木彫の家具で統一された隅々まで掃除がいき届いたその部屋の椅子に、オリビアは腰掛けていた。

ちょうど本を読んでいたところのようだけれど、……よく見ると本はただ開いているだけで、どこか上の空のように見える。

「……妃殿下！」

オリビアはわたくしの来訪に気がつくと、本をテーブルの上に置いてすぐさま近くまで駆け寄った。

「妃殿下にお変わりがないようで安心いたしました！　わたくし、警備隊の方に事情を聞いてから気が気ではなく、本を読んで何とか気を紛らわせておりましたが……」

思いを一気に告げると、オリビアはその場に座り込んでしまった。

そのあとも何かを告げようと口を開こうとするのだけれど、思ったように言葉を紡ぐことができず、ただ嗚咽《おえつ》するだけだった。

わたくしは堪らなくなって、オリビアに合わせてしゃがみ込み、その背中を両腕で抱きしめた。

「大丈夫よ、オリビア。心配を掛けてしまって申し訳なかったわね」

「わたくし……、わたくしの不注意で……妃殿下を……危険な目に遭わせて……」

「あなたのせいじゃないわ。……それにここには、あなたの身の潔白を証明するために来たのよ」

「身の……潔白……？」

「ええ」

何かに思い当たったのか、オリビアは身を固くしその視線をわたくしの背後に向ける。

「カイン……」

バルケリー卿の姿を認識した途端、安心したのかオリビアの表情が緩やかになり彼の名前を呟いた。

卿のことを普段からファーストネームで呼んでいるのかしら。

自分のことではないし、今置かれている状況で不謹慎なのかもしれないけれど、……なんだか胸が高鳴ってきた上に顔が熱くなってきたわ……。

「リビア」

卿はオリビアを愛称で呼んでいるのね。腐れ縁だなんて言っていたけれど、これってまるで……。

「恋人同士の感動の再会に水を差すようで悪いが、これから卿にはそなたの部下であるアベル・エモニエ一等級魔術師による監視魔術を展開するが、準備はよいだろうか」

「ああ、構わない」

「あの、わたくしとバルケリー卿は恋人同士では……」

オリビアの言葉には触れず、バルケリー卿が何か早口で呟くと卿の周囲に光が発現し消えていった。

「準備は整った。……始めてくれ」

「副師長、失礼いたします」

エモニエ一等魔術師は右手の中指と人差し指を突き立て、バルケリー卿の額にそれを触れると早口で何かを呟き始める。

先ほどのバルケリー卿の呟きもそうだったのでしょうけれど、あれはきっと魔術を使用する際に必要な「詠唱」ね。

わたくしは、なぜか幼い頃から魔術師とは関わるなとお父様から強く言い聞かされてきたから、今までほとんど魔術師の方と関わったり、ましてやその魔術を目の当たりにすることはなかった。

今思うとそれはなぜなのかしら……。

ともかく、そういう経緯があるから、前回の生では王妃になったあとも進んで魔術師と関わるようなことはしてこなかったのよね。

「……これで、副長が何か不正を働こうとすれば、魔術が発動し副師長を拘束するでしょう」

凄い。そのような魔術もあるのね。

「……それでは始める」

バルケリー卿は、再び椅子に腰掛けたオリビアの左肩に手を置き、何かを呟き始めたのだった。

その後、バルケリー卿は早口で詠唱を始めた。すると、オリビアの左肩に置いた卿の右手がたちまち赤色に発光し、次の瞬間それはスッと消えていった。

その間に先ほど卿が説明をしてくれた魔法陣も、一瞬現れていたように見えたわ。

「リビア、一昨日の晩のことを思い出して欲しい。君が妃殿下の湯浴みの補助についたときのことだ」

「一昨日起こったこと……」

オリビアは目をそっと瞑《つむ》った。その表情からは、目を瞑っていても真剣さが伝わってくる。

それにしても、バルケリー卿は「潔白の証明」をどのような方法で行うつもりなのかしら。

もし、バルケリー卿が現在使用している魔術でそれが証明することができるのだとしたら、……魔術って、少なからず恐怖を感じるわ……。

「呼び覚まされし記憶よ、我らの目前に現れよ」

バルケリー卿が呟くと卿の指先が眩く発光し、その光は魔宝鏡へと移っていった。

「……魔宝鏡に、記憶が映ってきたな」

「魔宝鏡……ですか？」

陛下の言葉に対して、どういうことなのかと疑問に思い傍で様子を窺《うかが》っていると、エモニエ卿が真剣な表情で近づき頷いた。

「ええ、そうです。副師長の『記憶魔術』は従来の記憶魔術とは違い、この魔宝鏡に被術者の記憶が映るのですよ」

「……凄いですね」

そんなことができるのね……。けれど、「従来の」と言うことは元々のものとは変わったということよね。元はどのような形の魔術だったのかしら。

疑問は覚えるけれど、ともかく今はオリビアの疑惑を晴らす方が先だわ。

鏡に視線を移すと、そこにはお仕着せを着たオリビアが誰かと話をしているところが映っていた。

その相手は給仕の格好をしているようね。

周囲の棚には複数の調理道具が置かれているようだけれど、ここはどこかしら？

「どうやら、厨房で給仕と話をしているようですね」

「例のカップを受け取ったのは、このときか？」

エモニエ卿の言葉に陛下が疑問を呈し、オリビアは軽く首を縦に振った。

「……はい。おっしゃる通りでございます、陛下」

緊張しているのか、声が震えているように感じる。

思えばわたくし付きとはいえ、普段オリビアが陛下と直接会話をする機会はほとんどないのでしょうから、戸惑うのも無理がないわ。

それから会話を終えたあと、オリビアは右手にミトンをつけてから、調理場に置いてあるケトルの取手を持ってポットにお湯を注ぎ始めた。

「これが例のポットだな」

「……はい」

「通常なら、厨房の者が用意をするのではないのでしょうか」

エモニエ卿に問いかけられると、オリビアは人差し指を口元に当てて目を瞑った。

件《くだん》のことを思い返しているのかしら。

「……確かあのときは、先ほど会話をしていた厨房の方が急遽用事ができたと言いまして、更にお湯は適温にしておいたと言ったので、代わりにわたくしがポットにお湯を注ぎました」

「……ケトルのお湯に、魔術薬が予め混入されていたということはないでしょうか？」

「いや、ポットの湯自体には魔術薬が混入されていなかったのだから、その可能性は低いだろう」

まるで心に刺さるかのような陛下の低い声に反応したのか、オリビアの肩が小刻みに震えてきたように感じる。

……そうよ。このあとの内容によって、無実かどうかが決まる可能性もあるのですもの。それに、自分の関わったことをあれこれ考察されるのも心苦しいわよね。

わたくしも震えてきたけれど、心細いのはあくまでもオリビアの方なのだから、少しでも力になれるように努めなければ……！

「オリビア、大丈夫よ」

そっと、オリビアの震える手を握った。

その手は冷たくてどこまでも心細さを感じる。

「あなたには、わたくしやバルケリー卿がついているのですから」

オリビアはサッと俯いて、目元を指で拭った。

「妃殿下、……ありがとうございます」

今のわたくしにできることは、オリビアを見守り言葉を掛ける以外にはないのかしら。他にも何か力になれることがあればよいのだけれど。

だから、どうかオリビアの無実が証明されますようにと願いを込めて両の掌を握り、魔宝鏡に再び視線を戻した。

その後、魔宝鏡の中のオリビアはポットとカップを載せたトレイを両手に持って厨房をあとにし、居住宮の三階に位置するわたくしの湯浴み部屋に扉を叩いてから入室した。

……よく考えたら、これはオリビアの記憶を映しているのであって、となると当然わたくしの裸も、皆に、見られてしまうのかしら⁇

一気に背筋が凍りついて、冷や汗が出てきたわ……。

「ここからは、リビアの記憶に私事権《プライバシー》保護を掛け、妃殿下のお姿は映さないようにしますので」

「……安心いたしました」

まるで瞬時に察したかのように、バルケリー卿が声を掛けてくれたので心から安堵した。

心なしか、陛下からの視線も気にかかるので確認してみると、鋭い眼光で周囲に対して威圧するような視線を投げかけていたわ……。

それにしても、魔術はそういうこともできるのね。

そのあとは、わたくしを映さないような魔術補正を施された映像が流れていき、始終ポットも映像に入り込んでいた。オリビアがポットを手に持ってカップに白湯を注ぎ、わたくしに手渡したところで映像は終わったけれど……。

「特に、……変わったところはなかったようですね」

エモニエ卿の呟きに、わたくしも思わず頷いたけれど、ふと視線に入ったバルケリー卿は真剣な表情で何かを思案しているように見えた。

「違和感を覚えた箇所が一箇所あったので、その点をもう一度遡りたいのだがよろしいか」

「ああ、了承した」

陛下が頷くと、バルケリー卿はそっとオリビアの額に自身の右の掌《てのひら》で触れた。

「リビア、すまない。もう少しだけ堪えてくれないか」

「ええ、このくらい大丈夫よ。自分の身の潔白も大事だけれど、何より妃殿下の身の安全の方が大切だもの。何度でも試みてちょうだい」

思わず目頭が熱くなった。

被術者の負担も相当なものに違いないけれど、何よりわたくしの身を案じてくれて……感謝以上の言葉は浮かばない。

けれど、同時に自分自身に対して歯痒くも思う。誰かの庇護を受けるばかりではなく、わたくしも周囲の人たちの為に常に動けるようにならなければ。

「呼び覚まされし記憶よ、我らの目前に現れよ」

再びオリビアの肩の上に置かれたバルケリー卿の右手が発光し、その光が魔宝鏡へと移ると次第に魔宝鏡に映像が映った。

「リビア、君が湯浴み部屋に入ったときのことを、もう一度思い出してくれないか」

「ええ、分かったわ」

オリビアが目を閉じて回想すると、湯浴み部屋でのポットの様子が映し出された。

「……ここだ」

バルケリー卿が右手の人差し指を突き立て早口で何かを呟くと、映像がある部分で止まる。

これはポットとカップが映っているだけで、特に何の変哲もなさそうだけれど……。

「この場面で、誰かが隠蔽魔術を使用している」

「隠蔽魔術……ですか？」

わたくしの問いかけに、バルケリー卿は深く頷いた。

「はい。残念ながら、誰が使用したのか詳細までは究明できそうにありませんが、ただ、明らかにこの箇所に何らかの魔術を使用した形跡があるのです」

「……そんな、なぜ……」

鼓動が高鳴ってくる。

あのとき、あの場にいたのはわたくしの侍女だけなのよ。

それなのに誰かがその「隠蔽魔術」を使用したと言うのなら……。

「大事はないか？」

不意に温かい温もりを背中に感じた。

そっと地に足をつけると、陛下が受け止めてくださったのだと数秒経ってから認識できた。

自分が倒れそうになっていたことに気がつかないとは……。

「陛下、ありがとうございます」

「いや、よいのだ。しかし、ここからはそなたには心苦しい内容になるやもしれない。ここで、私室に戻った方がよいのかもな」

私室に戻る……。

陛下のお心遣いはとても嬉しいけれど、逃げずに向き合わなければいけないと強く思った。

「いいえ、ことの真相が判明するまではここにいるつもりです」

「しかし……」

陛下が、わたくしのことを考えてくださっている。

そのお心遣いに胸がじんわりと温かくなるけれど、やはりオリビアの傍にいたい気持ちも強い。

その気持ちをどのような言葉で伝えようかと思案していると、静かな動作でバルケリー卿がわたくしたちの傍までゆっくり近寄り、口を開いた。

「恐れながら妃殿下。それは難儀なことかと思われます。何しろ、隠蔽魔術の効果により手掛かりが消されていますので」

「……そうですか。では、オリビアはこのまま軟禁生活を続けることになってしまうのでしょうか」

「いいえ、それは問題ないでしょう。何しろ隠蔽魔術を使用した痕跡は突き止められたのですから。

……妃殿下」

バルケリー卿は姿勢を正して、真剣な眼差しを向けた。

「はい、如何いたしましたか？」

「先ほどの話通り、妃殿下にはお伝えをしなければならないことがございますので、このあとお時間を少々いただけますでしょうか」

咄嗟に陛下の方に視線を移すと、陛下は強く頷かれた。

「構わない。もちろん私も同席するが」

バルケリー卿は小さく息を吐き頷いたのだった。


バルケリー卿がわたくしに対して何か大事な用件があるとのことで、このあと時間を取ることになったのだけれど、その前にオリビアと話をさせて欲しいと申し出て少しの間人払いをしてもらった。

「オリビア、大事はない？」

何と声を掛けてよいのか戸惑ったけれど、ともかく今はオリビアの精神状態の把握と彼女と会話をすることが大切ね。

「はい、わたくしは問題ありません。カインの話によれば、わたくしにかけられていた容疑はとりあえずですが晴れ、明日にでも仕事に復帰することができるとのことでしたから」

そう言って笑ったオリビアの表情は、どこか無理をしているように見えた。

やはりまだ恐ろしさが抜けきっていないのね。それは無理もないわ。

だからわたくしは、震えるオリビアの手をそっと両手で握った。

こうすることで、少しでもオリビアの震えが治まってくれればよいのだけれど……。

「仕事の復帰に関してはティアによく伝えておくので、何の心配も要らないわ。それに、オリビアは用事があって一時的に実家に戻っていることになっているから、口裏を合わせてもらえれば問題はないはずよ」

「妃殿下。温かいご配慮をいただきまして、ありがとうございます」

オリビアはそっと微笑んだ。

握っているその手から温もりも伝わり、震えも少し落ち着いたように感じる。

「それにしても、オリビアはバルケリー卿と随分親しいのね。わたくしの目には恋人同士にしか見えなかったわ」

自分で言ったそばから顔が熱くなってきたけれど、これは言わずにはいられなかった。

それになぜか二人を見ていると、市井で流行っている「恋愛小説」をしばらく読み漁《あさ》って堪能したい衝動に駆られるのよね……！

「い、いえ、カイン……バルケリー卿とわたくしの関係は、決してそのような甘いものでは……」

「お互いをファーストネームや愛称で呼び合っている時点で、わたくしの中では相思相愛のようにしか思えないのよね」

ますます顔が熱くなってきた。ああ、微笑ましい……。

「そ、そうでしょうか？　ま、まあ、腐れ縁の上、今まで散々振り回されてきましたが、……彼がここに来てくれたことに、心から感謝しています……」

そう言って一筋の涙を流すオリビアに、わたくしは念のために持参しておいた小物入れからハンカチを取り出してそっと手渡した。

ここには侍女を連れて来るわけには行かなかったから、小物入れを持参していて正解だったわ。

「ありがとうございます。妃殿下にこのようなお心遣いを賜り、申し訳が立たない心持ちです」

「どうか気にしないでね。それよりも、貴方の潔白が証明されて本当によかった。……ただ」

「……はい」

オリビアはハンカチを膝の上に置くと、真剣な眼差しでわたくしの方に視線を向けた。

「あまり考えたくはありませんが、あの場にいた妃殿下付きの侍女の誰かが、白湯に何かしらの魔術薬を混入させた可能性が高いのかもしれません」

「……あの場にいたのは、貴方以外だとマリアとルイーズだったわよね。どちらかが混入させたのかしら……」

それはできれば、あまり考えたくはない。

ただ、わたくしが飲んだ魔術薬がどういった物だったのかはまだ分からないけれど、初夜の場で陛下に対して無性に湧き上がってきたあの黒い感情が関係あるのなら、その薬はもしかすると……。

目的はやはり陛下の言っていたとおり、初夜の儀を失敗に終わらせることでわたくしの信用を失墜させるため、なのかしら……。

「ともかく、これからバルケリー卿に陛下と共にお会いしてお話を聞いてくるわね」

「バルケリー卿とですか?」

「ええ。何でも卿が折り入ってわたくしに何かの話があるそうなの」

「何かの……そうです、妃殿下。よい機会なので、その場で予てからのご用件もお伝えしたら如何でしょうか」

予てからの用件……ペンダントのことね！　この短期間で様々なことが起こったから、すっかり失念していたわ。

「そうね。ありがとう」

「これで、妃殿下の懸念が解決すればよいのですが」

「ええ、そうね。……それではそろそろ時間なのでお暇するわね」

わたくしが椅子から立ち上がる前に、オリビアはすぐに立ち上がってわたくしが腰掛けている椅子を引いてくれた。この心遣いが嬉しかった。

「妃殿下、本当にありがとうございました」

「今はゆっくり身体を休めて。また明日、貴方がわたくしの部屋に来てくれるのを待っているわ」

「はい、必ず」

強く頷くオリビアを安堵した心持ちで見やったあと、わたくしは退室した。

後ろ髪を引かれる思いだけれど、バルケリー卿との約束を反故《ほご》にするわけにはいかないわ。


廊下に出ると近衛騎士らと共に廊下を真っ直ぐに進み、その先に見える扉の前で立ち止まった。

「陛下、副魔術師長様、妃殿下をご案内いたしました」

「ご苦労。入室を許可する」

その言葉を受けて近衛騎士の一人リーゼ卿が頷き静かに扉を開いたので、わたくしはゆっくりと入室した。

すると、目前には二人掛けのカウチが二台置かれていて、すでに陛下とバルケリー卿はそれぞれのカウチに腰掛けている。

どうやらここは応接間のようね。

「子女と話は済んだのだろうか。もうしばらく時間を設けてもよいのだが」

「お心遣い痛み入ります。ですが、十分に話すことはできましたのでこのまま本題に入っていただいて結構です。大変お待たせをいたしました」

陛下のお言葉がとても優しい……。

まだ完全には慣れないけれど、それでもその心遣いに大分馴染んできている自分もいる。

その良不良の判断はまだつけられないけれど、口元が思わず綻《ほころ》んだから、わたくしはきっと今とても嬉しいのね。

そう思い、自然と部屋の奥に置かれたカウチに腰掛けた。

わたくしが陛下の隣に腰掛けると、バルケリー卿は綺麗な姿勢で立ち上がりその場で跪《ひざまず》いた。

「妃殿下、心よりお礼申し上げます。貴方様にご配慮いただいたことで、リビアの容疑を晴らすことが叶いました。誠にありがとうございました」

「バルケリー副魔術師長、頭を上げてください。そもそも副魔術師長の魔術がなければことを成すことは不可能だったのですし、わたくしはほとんど何もしておりませんので」

心からそう思った。

わたくしの方こそ、バルケリー卿には感謝をしてもし切れないほどなのだから、そのような言葉はわたくしの身には余ると思ったのだ。

「いいえ、決してそのようなことはございません。それに丁度、妃殿下が陛下に対して私が直接動けるようにと直訴してくださったと陛下から伺っていたところだったのですよ」

バルケリー卿は頭を上げると、ゆっくりとカウチに腰掛けた。

だから卿は、わたくしに対して、恩のような感情を抱いてくれたのかしら。

思えば、それは卿がオリビアのことを強く思ってくれたからこそ成し得たことでもあるのだ。

……そう思うと、何だか微笑ましくなってきたわ。

「確かにわたくしは陛下に提言いたしましたが、それを快く引き受けてくださったのは陛下です」

陛下の方をチラリと見やると、真摯な熱い眼差しをわたくしに向けていた。

瞬く間に鼓動が打ち付けてきたので思わず視線を逸らした。

頬が熱くなってきたし、このまま陛下の顔を見ていたら会話どころではなくなってしまうわ……。

「……ただ、そうですね。副魔術師長。あなたの言葉はしかと受け取りました」

「有難き幸せにございます」

何とか絞り出した言葉に、バルケリー卿は感慨深そうに頷く。

すると、コホンと隣に座る陛下が咳払いをした。

「それでは、そろそろ本題に移りたいのだが、よいか」

「……ああ、そうだな」

それにしても、どうして卿は陛下に対してこのようなぞんざいな言葉遣いなのかしら。

直接卿に訊きたいけれど、今は訊ける雰囲気ではないわね。

そう思いつつ卿の方に視線を向けると、卿は真剣な眼差しをわたくしに対して向けていた。

「妃殿下。単刀直入にお伝えいたします。貴方様は、大変豊富な魔力を持ってこの世に生を受けた方なのです」

……今、バルケリー卿は何と言ったのかしら……。

しばらく彼の言葉の意味を理解しようと思考を働かせるけれど、なぜかしら、思考が働かない。

それどころか、急に意識が遠のいてきたようにも感じる……。

力も入らなくなってきたから、このままではカウチに座っていられなくなってしまうわ……。

「セリス」

右手に温もりを覚えた。とても温かくて安心のできる温もりで、その温もりを感じていたら段々落ち着いてきた。

「副魔術師長。……正直なところ、貴方の言葉の真意を図りかねています。わたくしは幼い頃に、魔術師様から魔力はほとんどなく才能もないので魔術の鍛錬は必要がないと伝えられ、これまでそのように認識してきました」

言葉にしたら、大分気が楽になってきたわ。

けれどバルケリー卿は大きく溜息をついて首を横に振った。

「その魔術師はとんだエセですね。……或いは、誰かにそう伝えるように強要されていたか」

『あら、それは相当……。いいえ、何でもありません。それでは失礼いたします』

バルケリー卿の言葉を受けて、ルチアの言葉が鮮明に過った。

もしかして、あのときルチアも同じことを伝えようとしていたのかしら……。

「……仮にそうだとして、どうして副魔術師長にはそれがお分かりになるのですか？」

「感じるのです。この国では、大方の魔術の才のあるものは幼き頃から魔術師専門の学園へ通いますが、その学園では他の人間の魔力を感知できるように初等部の頃から訓練をするので、大抵の魔術師は他人の魔力を察知することができるのです」

感じるもの……。

「だとしたら、わたくしは……」

正直なところ、幼い頃から魔力がほとんどないと周囲から言い聞かされてきたので、実は魔力が高かったのだと聞いても、自分のことのように思えなかった。

けれど、本当にそうだとしたら。そうだとしたら……。

「大事はないか？」

陛下が心配そうにわたくしの顔を覗き込んで、そっとハンカチを手渡してくれた。

ああ、わたくしはいつの間にか涙を流していたのだわ。

「……ありがとうございます」

何とか振り絞って言葉を返したけれど、涙はあとからあとから溢《あふ》れ出してしばらく止まりそうもない。

「戸惑うのは無理もありません。これまで、正しい知識を妃殿下に伝えることが叶った者はいなかったのですから。……それは私も含めてですが」

それはどこか自嘲するような表情だった。

その様子を見ていたら、何とも言い難い感情が湧き上がってくる。

「副魔術師長は、何か事情をご存じなのでしょうか」

「……これはお伝えするべきか迷ったのですが、魔術師は妃殿下に近づいてはならないとほとんどの魔術師は下命されているのです」

思わず背筋が凍ったけれど、不思議と思考は働いた。

そのような指令を下せるのは、権力を持ち合わせている人物でなければ不可能だわ。それに加えて、相応の理由も。

おそらくその人物は、この国の宰相であるバレ公爵、……わたくしのお父様だ。

「父が命令を下していたのですね」

「聡明な妃殿下ですから、すぐに察していただけると思っておりました」

バルケリー卿は表情を変えずに、姿勢を正した。

「そのとおりです。閣下は魔術師に対し各協会や組合《ギルド》、魔術学園にまで『娘に近づかないように』と下命されておりました。そのため、これまで私たちは妃殿下に真実を伝えたくてもそれができなかったのです」

お父様が命令を下していたと聞いて大方は察したけれど、まさかここまでだったとは……。

けれど、そういう事情があったのなら、わたくしにそれを打ち明けてもよいのかしら。

「この事実を打ち明けることが叶ったのは、ひとえに陛下のご配慮を賜ったからなのです。御自身のことで、隠されている事実があるのは妃殿下にとってよろしくないと仰っていただきました。まあ、先ほどは独断で陛下には相談せずに打ち明けようとも思いましたが、妃殿下のお立場を考えて思い直した次第です」

思わず陛下の方に視線を移した。

その澄んだ目元は少しだけ哀愁を帯びているけれど、強く頷かれたので心が温かくなってくる。

「そなた自身のことだ。秘匿があるのは具合が悪いと判断した。だが、そなたには衝撃が強い事実だったようだ。大事はないだろうか」

陛下のお心遣いが嬉しくて、思わず立ち上がって幸せを噛み締めたくなる。

けれど、その衝動は何とか抑えて頷いた。

「ご配慮をいただきまして……ありがとうござい……ます」

涙を堪えるので必死で途切れ途切れになってしまったけれど、陛下がわたくしの手を更に力強く握ってくださったので、明かされた事実から逃げずに向き合う決心がふつふつと湧いてきた。

バルケリー卿は一時《いっとき》ほどわたくしが落ち着くのを見届けてから話を続けた。

「では妃殿下。貴方様が今置かれている状態についてご説明させていただきたいのですが、よろしいでしょうか」

陛下の手を握り返してから頷いた。

「はい、もちろんです」

「では、まず結論から申し上げますと、妃殿下は現在、大変危険な状況におかれております」

「危険な状況……」

「はい」

バルケリー卿は深く頷き、姿勢を正し続ける。

「妃殿下は、強力な魔力を持っておられますが、その魔力の量は本来生身の人間が耐えられるものではないのです。加えて妃殿下の魔力は歳を重ねるほど強くなったと推察されます」

「生身の身体では、耐えられない……」

「はい。ですので、それが幼き頃から身体に現れていたのだと考えます」

「虚弱体質……」

ポツリと呟くと、妙に腑に落ちた。

わたくしはこれまで自分の体質をどうにかしようと、複数のお医者様に診ていただいたり、毎日の規則正しい生活、庭の散策等、様々なことを実践してきたけれど、そのどれもがほとんど功を奏さなかったのだ。けれど、それが「内包する魔力が強すぎて身体が耐えきれなかったから」とバルケリー卿から告げられた言葉がこれまでの全てのことの説明がつくように思えて、納得することができた。

「はい。正直なところ、妃殿下の持つ魔力はそれほど強力なのです。本来なら虚弱体質どころか、とうの昔に命を落としていてもおかしくはなかったと思います」

「副魔術師長、その言い方は聞き捨てならない」

「……失礼」

陛下がバルケリー卿を窘《たしな》めたけれど、包み隠さずに伝えてくれたのでわたくしには有難かった。

……けれどそうだとしたら、どうしてわたくしは今まで存命することができたのだろうか。

「ですがそうではなかった。……これは私の推論に過ぎませんが、妃殿下は常に何かを身につけてはいらっしゃいませんか？」

「身につけている物……」

何かあったかしら。……そうだわ。

「ペンダントなら、常に身につけておりますが」

「失礼ですが、それを今拝見させていただいてもよろしいでしょうか」

「はい、構いません」

首元からペンダントを外してローテーブルの上に置くと、卿はそれを受け取り息を漏らした。

そうだわ。そもそも卿には元々このペンダントの解析を依頼したいと思っていたので、不意ではあるけれどそれが叶って安心したわ。

「これは、……非常に精巧な魔宝具ですね」

途端に鼓動が強く打ち付け始めた。

「魔宝具……ですか？」

「はい。ここまで精巧な魔宝具は、滅多に見受けることはありません」

ペンダントが、……魔宝具……だった？

「失礼ですが、こちらはどのような経緯で入手されたのですか？」

「これは亡くなったお祖母様から贈っていただいた物ですが、このペンダントに付けられている石は魔石ではありませんし、わたくしには魔宝具には見えないのですが……」

「そうですね。魔術師でさえも、一見してこのペンダントは変哲のないペンダントに見えるかと思います。ですが、それがまたこの魔宝具の精巧たるところなのです」

今度は鳥肌が立ってきた。

魔宝具とは悟らせないような魔宝具？　まさか、そういった物があるなんて……。

「そのペンダントが魔宝具だったとして、それは王妃にどのような効果をもたらしているのだ？」

陛下が低い声で訊ねた。

その声は落ち着いているようだけれど、どこか急《せ》いているようにも感じる。

バルケリー卿は小さく頷くと、改めてわたくしの目を見てゆっくりと話し始めた。

「このペンダントは妃殿下ご自身の高い魔力を抑え込む、いわば制御装置のようなものです」

「制御装置？」

「はい。先ほど説明した通り、妃殿下ご自身の内包する魔力量は膨大です。それをその状態のままにしていたら妃殿下のお身体が耐えられません。……ですが、どうやらこの魔宝具は、身につけているだけで妃殿下の魔力を抑え込み身体の負担を減らす役割を果たすようなのです」

そうだったのね……。

けれど、事実を受け止めるのに精一杯で言葉を発することが難しく、代わりに小さく頷くことで意思表示をした。

「……ですが、ただ魔力を抑え込んでいただけでは、生命力を維持することは困難です。まだ詳しく解析していないので推測に過ぎませんが、これは『生命力補助』の役割も担っているようです」

生命力補助？　それは、つまるところ言葉通り生命力を補ってくれるということかしら？

そうだとしたら、このペンダントは、わたくしにとってなくてはならない物だったのね……。

「そうでしたか……。このペンダントを贈ってくださったお祖母様に、改めて心から感謝いたします」

呟《つぶや》くと同時に、ペンダントが眩《まばゆ》く光った光景が目前に過った。

そうだわ。ペンダントが制御装置、かつ生命力補助装置なのだとしたら、どうしてあのときペンダントが反応し時間が巻き戻ったのかしら。

わたくしはてっきりあれは全てペンダントの秘められた力によるものだと思っていたので、そうでなかったのならその真の理由は見当もつかないわ。

『貴方様は、大変豊富な魔力を持ってこの世に生を受けた方なのです』

先ほどの副魔術師長の言葉が過る。

……まさか、時が遡ったのは……、わたくしの膨大な魔力が関係している……？

けれど、わたくしはこれまで魔術の鍛錬をしたことが全くないので、あのときそれを使用することができたとは思えない。

「……ですが、いくらこのペンダントが優秀な魔宝具といっても、根本的な解決をしなければ妃殿下のお身体がこの先も魔力の脅威に晒されている事実は変わりません」

その言葉に、ふとわたくしの中にあった疑問が湧き上がった。

「そうなのですね。……副魔術師長、一つ質問をしてもよろしいでしょうか」

「はい、もちろんです」

「実は予てから疑問に思っていたのですが、わたくしの体調に波があるのはどうしてなのでしょうか。と言うのも、今のように何かをしてもさほど疲れないときもあれば、少し動いただけでも疲れてしまうときと、幼き頃から分かれるのです」

「なるほど。……おそらくそれは、魔力にも波があるからでしょう。魔力学的に、人は強時と弱時とを繰り返してその内包する魔力を身に保つと考えられているのです」

「そうだったのですね」

今まで胸に支えていた何かが、ストンと落ちたような気がした。

「……こちらの魔宝具ですが、気に掛かる点がありますので個人的に調査させていただきたいと思うのですが、よろしいでしょうか」

「はい、かまいません。よろしくお願いします」

このペンダントを贈っていただいたお祖母様の真意はもうお亡くなりになられているので聞くことができないけれど、お父様になら可能かしら……。

お父様は威圧的なので苦手意識はあるけれど、ともかく一度わたくしを魔術師から遠ざけていた理由も含めてお伺いしなければ。

そう思い、掌に小さく力を込めた。

陛下はコホンと咳払いをすると話を続けた。

「して、王妃の魔力を抑え込むような根本的な方法はあるのか？」

陛下の冷静な声と、今も握りしめているその手の温もりが心を和ませてくれる。

「……ああ。それは魔術を使えば、思いのほか容易な方法で制御が可能だと思われる」

全身の力が抜けていった。

わたくしの幼き頃からの懸念材料だった虚弱体質が、思いのほか容易な方法で改善されるかもしれない……？

喜ぶべきなのに、どうしてかしら、狐につままれたような気持ちにもなるし、どうしてお父様は魔術からわたくしを遠ざけていたのかという暗い感情も湧き上がってきて、心からは喜べそうにないわ。

「今から詳細は調べるが、おそらく私の見立てによれば、陛下の協力と私の魔術があれば可能だろう」

「そうなのですね！　それでは、今すぐその方法を試みることはできますか？」

「今ここで、でしょうか？」

バルケリー卿はわたくしから視線を逸らすと、何やら気まずそうな雰囲気を醸し出した。

「お二人は夫婦なのだから問題はないのだろうが、やはり私がその場にいるのは道徳的な問題が……」

バルケリー卿は、道徳的な問題がどうこうとボソッと呟いたけれど、一体それはどう言った方法なのかしら……。

そして小さくコホンと咳払いをしてから、わたくしの方に視線を戻した。

「方法はともかく、膨大な魔力を抑え込むためには、妃殿下の魔力の質とは別の性質の魔力を加えて中和させるのが手っ取り早いのです。そうすることにより、溢れ出ていた魔力を凝縮させやすくなりますので」

「中和……凝縮……、そんなことが可能なのですか？」

バルケリー卿は、何かの理論を組み立てるかのように言っているけれど、それは実現が可能なことなのかしら。

「ええ。まあこれから、道徳的な面も考えまして専用の魔宝具の作製に入りますので、お時間をいただきたいと思います。ただ、私の見立てでは既存の魔宝具を参考に作製することが可能ではないかと存じますので、さほど時間はかからないかと」

「そうですか」

鼓動が跳ね上がった。

……もし、それが実現するのであれば、わたくしの虚弱体質が改善するかも……しれない？

「ただ、妃殿下には前もってお伝えしなければならないことがあります。よろしければ暫《しば》しの間、二人でお話しさせていただきたいのですが」

「分かりました。……陛下よろしいでしょうか？」

「ああ、構わない」

先ほどの様子からもう少し渋りそうかと思ったけれど、思ったよりも引き際がよいように感じるわ。少し寂しいと感じてしまうのは、わたくしが陛下の温もりや優しさを享受することに慣れてしまっているからかしら……。

そう思った瞬間、陛下に握られていた手がより強く握りしめられた。

「王妃の体質が僅かでも今より改善することができるのなら、私の私財から賄うので資金がどれほどかかっても構わないし、私も全面的に協力を惜しまない」

「そうか。まあ、それほど費用はかからないと思うが、これには……いや、詳細は妃殿下と話をしてから改めて陛下にも伝えておきたいことがあるので、隣の部屋で少々待っていてくれないか」

「了承した」

陛下は手を解くとスッと立ち上がり、わたくしの方を一瞥すると速やかに退室した。

「それでは妃殿下、時間もあまりありませんので早速用件を三件ほど述べさせていただきます」

「はい、分かりました。お願いします」

「まずは、先ほど申し上げた通り、これから妃殿下の魔力の質を測定させていただきたいのですが、よろしいでしょうか」

魔力の質。どのように測定するのかしら……？

そもそも魔術に関してはほとんど知識がないので、魔力に質があることも知らなかったわ。

「魔力の質自体は、容易な方法で測定することが可能です」

バルケリー卿は、自身の鞄から何か細長いガラス状の道具を取り出した。

どこかで見たような気がするけれど。

……そうだわ。以前、陛下がご自分のビューローから持ち出した何かの道具と似ているのね。

「これは、魔力の質を測る専用の計測器です。よろしければ、右の掌を広げ腕を私の方へ伸ばしていただけますか？」

「はい、分かりました」

右腕をバルケリー卿の方へ差し出すと、早速その計測器を掌に接触させて計測を始めた。

ヒンヤリとした感触だと認識した矢先、すぐにそれはわたくしの掌《てのひら》から離れた。

「計測が終わりました。妃殿下はやはり『軟質』の魔力のようですね」

「軟質……。やはりと言うと、副魔術師長にはあらかた見当がついていたということでしょうか」

「はい、お察しの通りです。魔術師は皆、気配で他人の魔力を感じ取ることができるのですが、高位の魔術師ともなれば魔力の質も同時に感知をすることができるのです」

「では、副魔術師長は陛下の魔力も感知をしているのですか？」

「もちろんです。陛下はおそらく『硬質』の魔力だと推測をしておりますが、もしその通りであれば、先ほど私が申し上げた『中和』が無事に行えます。……それにしても、硬質の魔力を持つ者は実はほとんどいないのですよ」

「そうなのですか？」

「ええ。……ですから、妃殿下はご自身のご伴侶が陛下であって、誠によかったと言えるのではないでしょうか」

胸の鼓動が高鳴ってきた。

そのようなことを今まで誰からも言われたことがなかったからか、思わず涙も滲みそうになる。

「まあ自分でも、その考え方はあまりにも合理的かとは思いますが」

バルケリー卿はコホンと咳払いすると、測定器を鞄に仕舞ってから改めてカウチに座り直した。

「次に二つ目ですが、妃殿下。仮にこれからことが上手く運び体質が改善されたとしても、それだけではおそらく不十分かと推測されます」

「不十分？」

「はい。と言うのもそれにより魔力は凝縮されはしますが、そのまま何もしなければ、おそらく再び飽和状態となり元に戻ってしまうからです」

胸がギュッと締め付けられる感覚を覚えた。

「そうなのですね……」

「ですので、妃殿下には体質改善の方法を試みたあと、しばしの間、魔力の制御の仕方を会得するために王都内の魔術学園に通っていただきたいのです」

「魔術学園ですか？」

「はい。もちろん、のちほど陛下には私から改めてお伝えをいたしますので」

とても意外なことを聞いたと思った。

と言うのも、その学園は魔術の心得がある者でなければ入学できない上に、確か魔術師の家系の者でなければ入学試験を受けることも不可能だと聞いたことがあるからだ。

「妃殿下は特別な量の魔力をお持ちの方《かた》なので、特に問題なくことを運ぶことが可能でしょう。加えて今回は入学ではなく、あくまでも臨時的に通うのみなので入学試験等も必要がないはずです。今は七月ですし、これから丁度、学園は夏季休暇に入り生徒はほとんどおりません」

「なるほど、夏季休暇ですか」

「はい。魔術学園の講師を直接王宮に招くことも考えたのですが、国立とはいえあくまで魔術学園は独立した機関ですので、妃殿下が講師を個人的に招くと各方面から反発が起きかねません。私が、個人的に妃殿下にお教えするのも色々と具合がよろしくないですし。ですが、妃殿下が直接学園に赴くのならば表向きは魔術の視察等の、公務に関わる理由にすることが可能かと思われます」

「……分かりました。自分がどれほどまで魔術の道に進めるかは分かりかねますが、精一杯努めたいと思います」

バルケリー卿は深く頷いた。

その瞳には期待の眼差しと、どこか不安気な感情が入り混じっているように感じられる。

「魔術師長の就任式には魔術学園の学園長も出席される予定ですので、その際にご紹介させていただければと思います」

「はい、分かりました。是非、お願いいたします」

「それから、最後の用件ですが……、妃殿下の白湯に混入されていた薬、あれは『負の感情を高めて負の本心だけを口外させる』という、極めて一つの事柄のみに焦点を合わせた魔術薬のようです」

バルケリー卿の言葉の意味を呑み込むのに、少々時間が掛かった。

その意味を呑み込むと一気に背筋が凍りつき、身体も徐々に震えてくる。

「正直なところ、この件はお伝えするべきか迷ったのですが、陛下に相談した際、妃殿下はおそらく気にされているので伝えて欲しい、と仰ったのでお伝えさせていただいた次第です」

「……そうでしたか」

負の感情……。

そうよ、だからあのとき、心中に陛下への黒い感情が湧き上がってそれを抑えることができなかった。けれどきっと陛下は、わたくしが今もそのことを気にしていたらよくないと考えて、薬の効果をわたくしにも伝えることを選択されたのだわ。

陛下への温かい気持ちが湧き上がるのと同時に、疑問と恐怖心も湧き上がった。

――誰が、何のためにこんなことを……。

すぐにカーラのことが脳裏を過った。

……けれど、カーラがそんなことをして何の得になることがあるのだろう。初夜の儀を失敗させて、わたくしの信用を失墜させたかった？

わたくしの信用を失墜させる手段は何もこれだけではなかっただろうに、どうして彼女はこの手段を選んだのだろうか。

何かカーラが感情的になって動いたような、そんな風に感じる。

それを含めて、わたくしはきっとカーラのことを何も理解していないのだ。これからは恐れるばかりではなく、冷静に向き合って判断しなければカーラに立ち向かうことなどおそらくできない。

それにしても、もしカーラだったとしたなら、どのような手段でわたくしの白湯に薬を混入したのかしら……。まさか。

いいえ、今はあまり考えないようにしましょう。

「毒の類《たぐい》は、この王宮には一切持ち込むことができないからこそ考え出した手段だったのでしょうが、姑息《こそく》なことを考える輩《やから》がいたものです」

「そうですね。……ですが、わたくしはお陰で一切逃げない、目を背けない決意をいたしました」

「……妃殿下」

バルケリー卿は目を見開き、少し考えたあと小さく頷いた。

「リビアの言っていたことは真実のようですね。あなたは真の強さをお持ちの方だ」

「副魔術師長、それは……」

過分な評価だと言いかけたけれど、オリビアの言葉を否定したくなかったのでそれ以上は言葉にしなかった。

「先ほどの妃殿下の魔力の件ですが、準備が整い次第陛下にお伝えいたしますので」

「分かりました。くれぐれもよろしく頼みますね」

陛下に先に話を通してもらえると、わたくしも周囲から不義を疑われずに済むのでありがたいわ。

それにしても、先ほど卿が呟いていた「道徳的な面を考える」とはどういうことなのかしら……？

気に掛かることもあるけれど、バルケリー卿からの話は以上とのことだったのでわたくしは退室し、陛下に挨拶したあと近衛騎士と共に居住棟へと戻ることにした。


その後、わたくしは近衛騎士のリーゼ卿と共に居住宮へと戻り、真っ先に私室へと向かった。

今日は様々なことが判明したので心が追いつかない感覚があるけれど、同時に充実感も覚えている。

ただ、わたくしの内包する魔力のことや、白湯に混入されていた薬の効果などきちんと日記帳に記録しておくべきことが山積みなので、ともかく私室に戻ったらすぐに書き込まなければ。

そう思いながら私室の近くの廊下を歩いていると、突然突き当たりから誰かが現れた。

けれど、不意打ちだったので立ち止まることはできなかった。


――ドン!


「きゃあ」

突然のことで避けることができずその場に倒れ込みそうになったのだけれど、咄嗟《とっさ》にリーゼ卿が背後から受け止めてくれたので大事には至らなかった。

リーゼ卿は一歩前を歩いていたけれど、瞬発的に動いてくれたのね。

「妃殿下、お怪我《けが》はありませんでしょうか」

「ええ、問題ありません、ありがとう」

「いいえ、滅相もありません」

リーゼ卿はわたくしを立たせるとそっと離れて、目前にいる人物に声を掛けた。

「おい、貴様。妃殿下に衝突しておいて謝罪もないのか」

「申し訳ございません！　わたくしの不注意で妃殿下を危険な目に遭わせてしまいました。どんな罰でも受ける所存です」

小刻みに身体を震わせて、その場で平伏しているその女性はわたくしがよく知っている女性だった。

「ルイーズ？」

声を掛けるとビクリと顔を上げ、焦茶の瞳がわたくしの視線と合った。やはりルイーズだわ。

「リーゼ卿、彼女はわたくしの大切な侍女なの。わたくしと少しぶつかってしまっただけなのだし、この場はこれでおしまいにしましょう。……よいわね？」

「御意」

リーゼ卿はルイーズに対して立ち上がるように促すと、持ち場に戻るように伝えた。

「妃殿下、誠にありがとうございました」

ルイーズは、その焦茶の瞳に涙を溜めていたように見えた。

それほど恐ろしい思いをさせてしまったのね。

ぶつかってしまったのはわたくしの不注意もあるのだし、あまり気を病まなければよいのだけれど。

そう思いながら一礼して足早に立ち去って行くルイーズを見送ると、わたくしも再度歩みを進め自室の扉の前まで辿り付くことができた。

……それにしても、目前に現れるまでほとんどルイーズの気配を感じなかったような気がするけれど、気のせいかしら。

「妃殿下、それでは私はこれで失礼いたします」

「ご苦労様でした、リーゼ卿」

わたくしの私室の扉の前には別の近衛騎士が常駐しているので、リーゼ卿はこれから彼の本来の持ち場へと戻るのだ。

そして私室内に入り扉を閉じ、ともかく日記帳に記録するためにビューローへと向かう。

わたくしの木製のビューローは陛下の物とほとんど同様の物で、机としても物入れとしても使用することができるとても素敵な家具だ。

ビューローの引き出しにしまっている鍵付きの日記帳を手に取ろうと引き出しを開くと、確かにそれはそこに収められていた。けれど……。

「何か、違和感を覚えるような……」

引き出しに収められた日記帳の位置が少しズレているように感じるし、何かしら、他の小物類も若干位置がズレているように感じる……。

普段はそのような違和感を覚えないのだけれど、なぜか今は強く感じる。

「誰かが引き出しの中を物色したのかしら」

呟くと背筋が凍りついた。まさか、その可能性はない……わよね？

それに私室の扉の前には近衛騎士が駐在しているのだし、不審者が侵入するなんてこと起きるはずがないわ。

そう自分に言い聞かせるのだけれど、気持ちに反して瞬く間に心臓が波打ってきた。

「ともかく、日記帳を確認しなければ」

そうよ。日記帳には鍵が掛けられているのだから、それを解錠するなんてことは……。

けれど、万が一誰かがあの中身を読んだのなら、……あれにはわたくしが時を遡って来たことを前提に書いた様々な考察が書かれているのよ、万が一他人の目に触れでもしたら……！

震える手で何とか日記帳を両手で持ち上げ、鍵の部分を確認すると、それに対しては違和感を覚えなかった。

よかった、こじ開けたりした跡もなさそうだわ。

胸元からペンダントを取り出し、その付け根に取り付けておいた鍵を手に取り解錠した。

すぐさま中身を確認するけれど、特に不審な点は見受けられない。よかった……。

大きく安堵の息を吐いたあとも、どこか不安は残っているように感じた。

◇

その日の晩。

わたくしは居住宮の食堂で、婚儀後からすっかり恒例となっている陛下との晩餐を楽しんでいた。

最初の頃は緊張もしたけれど、今は反対に陛下からこの時間を利用して国内の様々な事情や現在行われている政策等のお話を伺えるので、とても有意義な時間だと思っている。

本日の肉料理のウズラのキャセロールをフォークで掬って口に運んだあと、ナプキンで口元を拭ってから静かにお皿の上にフォークを置いた。

「近頃、国内の天候は比較的落ち着いてはいるが、東部のルルナ領周辺は未だ大雨や大風等の災害が定期的に発生している状況だ」

「ルルナ領は確か小麦の生産が国内でも随一の場所ですね。もちろん、そうでなくとも民が天災により苦しんでいることを思うといたたまれないですが、……小麦が不作となれば小麦の値が上がり、結果的に国内全体の民が苦しむこととなる可能性が高くなるのですね」

「ああ。とは言え、隣国ドーカル王国等からの輸入分もあるので、当分は急激的な高騰は抑えられる見込みだが、ドーカル王国はルルナ領と隣接しているが故、すでにドーカル王国の西部でも災害が発生し被害を受けているとの報告が上がっている」

「そうでしたか……」

事情を知ると、ますます居ても立ってもいられなくなる。

けれど、例えばルルナ領に赴くなど、下手にわたくし自身が動けば周囲を混乱させかねないのだ。

何かわたくしにもできることがあればよいのだけれど……。

「そなた、少々表情が浮かないようだが、大事はないか？」

陛下が心配そうに、わたくしの顔を覗き込んでいる。

もしかして、災害について思案していることを気に掛けてくださったのかしら。

「はい、支障ありません。お心遣いに感謝いたします」

「……そうか、ならばよいが。食事を始める前から顔色がすぐれないように見えたのでな」

食事を始める前……。では今思案していることではなくて、もしかすると先ほどの出来事、……わたくしの私室のビューローが、何者かの手により物色されたかもしれないという懸念が表情に出ていたのかもしれないわ。

そのような僅かな変化にお気づきになっていただけるなんて……。

思わず不安を打ち明けたくなるけれど、そうなるとわたくしの日記帳の件も伝えなければならなくなるのかもしれない。

あれには前回の記憶を基にした考察が複数書かれているから、もし陛下の目に触れるようなことがあれば……。

「はい、大事ありません。お心遣いに感謝いたします」

「そうか」

それから食事は進み、デザートのシャーベットを食べ終わりナプキンで口元を拭っていると、ふと口元が気に掛かった。

どうやら、陛下がわたくしの方をしげしげと見ているようだわ。

「……流石に夜に行うのは……」

ポツリと、何やら夜にと仰っていたようだけれど突然どうかなされたのかしら。

気に掛かるけれど、改めて訊ねるのは不適切なようにも感じるし……。

陛下は改めてわたくしの方に視線を向けると、少しだけ迷いを感じるような表情で小さく頷いた。

「以前に、そなたのティーサロンで茶を飲むことを提案したと思うが」

あら、陛下はお茶を改めてお飲みになりたいのかしら。

ひょっとすると、最近国内での災害や難民問題、初夜の儀の一件などで疲弊されていて、個室でゆっくりと過ごされたいのかもしれないわ。

「はい。ほとんど下手の横好き程度の趣味ではありますが、……もしよろしければ、のちほどティーサロンでお茶をお淹れいたしましょうか？」

陛下は軽く咳払いをし、小さく息を吐いてから頷いた。

「ああ。だがそれは、そうだな。……明後日の就任式が終わってからが好ましいな」

やけに具体的なのね。けれど、魔術師長の就任式……。

そう、明後日の就任式にはビュッフェ侯爵家も招待され、当然カーラも招待されているはず……。

「承知いたしました。……陛下」

「如何したか」

「ビュッフェ侯爵令嬢のことなのですが」

無意識的に、心中の不安を言葉にして紡いでいた。陛下は瞬時に表情を強《こわ》ばらせる。

「ビュッフェ侯爵令嬢か。確かあと二ヶ月ほどでそなたの専属の侍女となる予定だが」

「……はい」

今の時点で陛下はカーラと繋がりがあるのだろうか。

陛下はどこか表情を強ばらせて顔色も優れないようだけれど、まさか。

やはり以前に思案した通り、すでに通じているのかしら……。

そう思うと心に暗雲が立ち込めてくるけれど、陛下の今の表情や顔色を見ていると、どうにも腑に落ちなかった。

『そなたが愛しい』

一昨日そう言ってわたくしを優しく抱きしめてくれた陛下は、もっと優しくて温かくて幸福に満ちていた。

思い出しただけでも、鼓動が高鳴り頬が紅く染まってきたわ。この変化に対して陛下は気づいていないかしら……。

ただ、そう。あの晩の陛下のご様子は今とは全く違うわ。

ひょっとしたら、二人が密通しその後ろめたさからそのような表情や顔色に変化したのかもしれないけれど、何か違うような。

これは何の確証もないことなのだけれど、なぜかそう思った。

「彼女がどうかしたのか？」

「……いえ、カーラ嬢もお茶に通じていると聞いたことがありましたので、ふと思い出したのです」

これは前回の生の際に、実際に目の当たりにしたことだった。

表向きには気さくで何でも卒なく熟《こな》すカーラはお茶にも通じていて、正直なところわたくしも彼女に何度も指南を受けたことがあるのだ。

「そうか。それは初耳だ」

そう言って目前のティーカップに手を伸ばされた陛下は、大してカーラのことには興味を示していないようだった。

「……やはり、そなたを危険因子の傍に近づけるわけにはいかぬな」

「危険因子、ですか……？」

「ああ」

陛下はカップをソーサーの上に置くと、もうそれ以上はカーラのことに対して言及しなかった。

もしかして、危険因子とはカーラのこと？　陛下はカーラのことに対して何かを掴んでいて……。

疑問に思ったけれど、この先はまだ触れてはいけないと感じ取り、わたくしも食後のお茶を一口含んだのだった。

◇

セリスが自身の真実を知った翌日の七月四日未明。

ビュッフェ侯爵家のタウンハウス内の私室で、カーラは照明系統の魔宝具の灯りを頼りに長椅子に腰かけ、小さな便箋に目を通していた。

夏とはいえ夜明け前は肌寒く、カーラは黒のネグリジェの上に茶色のストールを羽織っている。

「……そう。失敗したのね」

カーラはその便箋をグシャリと右手で握り潰すと、宙に放り投げてそれに向けて人差し指で払うような動作をした。

「燃えなさい」

瞬間、燃え上がる様子や痕跡すら残さず便箋はカーラの目前から消えていった。

一連の動作を終えるとカーラは小さく息を吐き、卓上に置いてある魔宝具のベルを手に取り鳴らした。たちまち部屋中にチリンと耳感触のよい音が鳴り響く。

すると、一分も経たずに扉からノックの音が四回響いた。

「カーラお嬢様、御用でしょうか」

「入りなさい」

「失礼いたします」

ほとんど音を立てずに、お仕着せを着たカーラの専属の侍女が入室する。

「……何か飲み物を持って来てくれるかしら」

「かしこまりました。……それでは温かいジンジャーレモンティーは如何でしょうか」

「ええ、それで構わないわ」

「只今お持ちいたします」

侍女は一礼してから速やかに退室し、それを確認すると再びカーラは長椅子に今度は深く腰掛けた。

「……初夜の儀は滞りなく行われた」

ボソリと呟くと、卓を叩きたくなる衝動をどうにか抑えながら掌を握り締める。

「薬の効き目が十分ではなかった？　もしくは元々白湯には薬の混入がなされていなかった。いいえ、

薬の効果は幾度も確認したたし、魔宝鏡で混入する様子を見ていたわ。……では、薬が効いたのにも関わらず、初夜の儀は滞りなく行われた？」

呟くと、自身の言葉を理解し、たちまち焦燥感が込み上げてきた。

「なぜ？　あの薬には、服薬者の負の感情を最大限に引き出し露呈する効果があった。特に蜂蜜酒を飲んだあとに作用をするように仕掛けてあったわ。蜂蜜酒は飲んだようだし、なのにも関わらず滞りなく行われたということは……、あの女には元々アルベルト様に対して後ろ暗いところが一切なかった、とでも言うの？」

カーラは口元に指先を当てて思案するが、すぐに首を横に振った。

「いいえ、そんなはずはないわ。あの女はわたくしと同様、幼き頃からアルベルト様を想ってきたけれど今までほとんど相手にされなかったはず。どんな人間でも、その過程で後ろ暗い感情を抱かないわけがないのよ」

まるで自分自身を諭すように呟き、少しだけ哀愁を含むような笑みをした。

「カーラお嬢様、お茶をお持ちいたしました」

カーラは、思案中に突然自分以外の人間の声が響いたので奇を衒《てら》った形になったが、すぐに息を吐き出すと表情を戻した。

「入りなさい」

「失礼いたします」

侍女は静かに扉を開くと無駄な動きを一切せずに入室し、カーラが座る席の目前の卓に音を立てずにティーカップを置いた。

途端に温かな湯気に混じって爽やかなレモンと生姜の匂いが立ち、カーラの吊り上がっていた眉が少しだけ緩んだ。

「ご苦労だったわね。もう下がっていいわ」

「それでは失礼いたします」

深く辞儀をし、侍女は速やかに退室した。

それを見届けると、早速目前のティーカップを手に持ち一口紅茶を口に含む。

すると、途端に爽やかな香りが身体中に染み渡るような感覚を覚えた。

「ふう」

紅茶をある程度飲み終えると身体が温まり気持ちも落ち着いたように感じ、ふとカーラの脳裏に幼き頃のことが過った。

「わたくしは幼き頃、我が領に視察に訪れていたアルベルト様に猛獣に襲われていたところを救っていただいた」

そっと紅茶を覗き込み、まるでそれに何かが映っているかのように眺めた。

「アルベルト様があのとき救ってくださらなければ、わたくしはとうにこの世にはいなかったでしょう。元よりこの命はあの方に捧げる覚悟なのよ」

そして雑念を消すべく瞳を閉じるが、途端に半月ほど前に行われた婚礼の儀でアルベルトがセリスの額に唇を寄せた場面が過る。

思わずカーラは自身の拳で目前の卓を叩いた。

「……自分がこんなにも感情的だったなど、思いもよらなかった」

思いの内を露呈すると、長椅子に深く腰掛けた。

「駄目よ、あの女では。この国に迫り来る闇から、アルベルト様を救って差し上げることができるのはわたくしだけなの。幼き頃のご恩を真の意味でお返しできるのはわたくしだけ。アルベルト様があの女に少しでも心を許せば、迫り来る闇から彼を守ることができなくなるかもしれない」

カーラはしばし思案すると小さく頷き、再びティーカップを手にして一口含み、口角を上げた。

「あの女から情報を入手することも失敗したようだし、そうね。せめて、明日の魔術師長就任式であの女が何かを仕出かせば、アルベルト様を失望させあの女に向けられる関心を少しでも減らすことでゆくゆくは、正しき道に誘導することができるのかもしれないわ」

……そこまで呟くと、カーラは満足そうに残りの紅茶も飲み干したのだった。

第七章　ティーサロンにて

Nidome no jinsei deha Okazari Ouhi ni Narimasen!

「妃殿下、おはようございます。入室してもよろしいでしょうか」

暖かくて柔らかいふんわりとした寝具に包まれていると、突然扉を叩くノックの音と共にティアの声が耳元に響いた。

「……はい、構いません」

「失礼いたします」

ティアは静かに入室すると、わたくしが横になっている寝台付近まで移動し一礼した。

「妃殿下、改めておはようございます。本日は王宮魔術師長の就任式がございますので、普段よりも早めの御支度とさせていただきたいと思います」

魔術師長の就任式……。

正直なところ未だにフワフワとした心地でいるけれど、そうだわ。今日はわたくしも出席するだけではなく、開会式で祝辞を読むという大役を任されていたのだ。

自覚した途端に意識が鮮明になり、身を起こしてティアの方へと身体を向けた。

「おはよう、ティア。本日は、よろしくお願いしますね」

「かしこまりました。それでは早速洗顔等の身支度を整えてから、軽く朝食を摂っていただきます」

「分かりました」

ティアは再び一礼すると、すぐさま室内中のカーテンを開いて回った。

カーテンを開けてもまだ窓の外は薄暗いようだから、今は夜明け前かしら。

王宮魔術師長の就任式は朝の九時頃から開始されるので、早朝から準備を行う必要があるのよね。

確か前回の生の際もそうだったのだけれど、あのときは身体の調子があまりよくなく、準備をして出席するだけで精一杯だったのだ。

けれど、今日はそういうこともなく滞りなく身支度し、朝食を済ませてから予め選んでおいた衣装に身を包み、ティアやオリビアたち数名の侍女によって化粧を施され髪が結い上げられた。

「妃殿下、とてもお美しくていらっしゃいます」

「そうであるのなら、皆のお陰ですね。ありがとう」

そう言って微笑むと、わたくしを取り囲むように立っている周囲の侍女たちが一斉に辞儀をした。

「温かいお言葉をいただきまして、感無量でございます」

姿見を通して背後で涙ぐむティアの姿を確認すると、普段より着飾った自分の姿が目に入る。

主に銀糸が施されたくるぶし丈の露出の少ないローブ・モンタントに身を包み、首元に華美な蒼色の宝石の首飾りが彩られ、髪は結い上げられた上に耳元には首飾りと同じ宝石のイヤリングが揺れている。

化粧は控えめだけれど頬の桃色の頬紅が映えていて、一分の隙もない艶やかな仕上がりだった。

「皆のお陰で、この上ない仕上がりになりました。改めて心から礼を言います」

「妃殿下、ありがとうございます」

侍女たちは皆一様に頭を下げ、数秒ほどおいてティアが声を掛けた。

「それでは、妃殿下。そろそろお時間でございます」

「ええ、分かりました。それでは会場に参りましょう」

「はい」

わたくしは意を決して立ち上がった。

今日は祝辞を述べる大役があるけれど、それだけではなく今日は彼女も、……カーラも式典に招待されているはずなのだ。先日の件もあるのだし、今日はより気を引き締めなければ。

会場は王宮の舞踏場であり、ここは半月ほど前に婚儀後の晩餐会を開いた場所でもある。

今日は王宮魔術師の行事なので、国内の名だたる魔術師やそれに連なる貴族が招待されている。

確か、カーラの実家のビュッフェ侯爵家もその一門のはずだけれど、前回の生の際にカーラは「自分は魔術の才能がほとんどなかったので低級魔術しか使用することができない」と言っていた。

そう言い切っていたのが、今では少し気に掛かるけれど……。

わたくしの席は主賓席に設けられており、到着したときにはすでにアルベルト陛下が長椅子にお掛けになっていた。

燕尾服をお召しになっておられて、とてもお似合いでいらっしゃるわ。

陛下の席の前まで移動し、スカートの裾を両手で握ってカーテシーをしてから頭を下げた。

「おはようございます、陛下」

「ああ、おはよう」

陛下は自然な動作で立ち上がり、わたくしの方に手を差し伸ばした。

これはもしかして、エスコートをしてくださるのかしら……？

ともかく、このまま手を取らないわけにもいかないしその手を取りたい気持ちが湧き上がってきたので、ゆっくりと陛下の手に触れてエスコートを受け入れた。

すると、その手は思ったよりも温かくて気がついたらわたくしの頬も熱くなっていた。

「ありがとうございます、陛下」

「ああ。……ときに、今日のそなたの召し物だが……とても」

陛下が何かを仰ろうとした瞬間、王太后のソフィー様や王弟のレオニール殿下も次いで入室しご着席なさった。

「おはようございます、王太后様、レオニール殿下」

「おはようございます、セリス王妃。あら、本日のお召し物もとても素敵ですね」

「本当だ。この間の晩餐会のときの銀色が基調のドレスも素敵だったけれど、今日のドレスもとてもお似合いですよ」

「ありがとうございます。お二人にそう仰っていただきまして光栄です」

お二方とお会いするのは婚儀の日以来初めてなので内心では少し緊張していたのだけれど、それほど構える必要はなかったのかもしれない。

何しろ、お会いしてお話しするだけで顔が綻《ほころ》んでくるのだもの。

お二方は相変わらず、わたくしの心のオアシスだわ。

王太后様は金糸が施されたローブ・モンタントをお召しになっていて、殿下は陛下と同じように黒の燕尾服をお召しになっている。お二方ともよくお似合いだわ。

補足すると、お二方は陛下とわたくしの住まいの本居住宮とは中庭を隔て離れた場所に建てられた別棟の居住宮に住まわれているので、普段は食事もほとんど共にすることがないのだ。

けれど、以前の生ではわたくしのティーサロンにそれぞれよくお越しくださったので、その場で交流していたのだったわ。

「それにしても、二人とは二人の婚儀以降初めて会いましたが、とても和やかな雰囲気で安心いたしました。毎晩、晩餐を共にしているとも聞いておりますし」

それは、つまるところ陛下とわたくしのことを仰っておられるのかしら。

ソフィー王太后様の目には、恐縮ながらそのように映っているのね。

確かに、わたくしは以前よりも随分陛下に心を許しているけれど、……その言葉を聞いて当の陛下はどうお感じになっているのかしら。

控えめに横目でチラリと見てみると、陛下は無表情で特に変わりがないように見えたけれど、口元がやや緩んでいるようにも感じた。

「王太后。本日は解任されたドミニク氏に代わり、魔術師長に就任するカイン・バルケリー氏の就任式です。招待客のほとんどは魔術の家門家ですが、確か王太后のご実家のミラーニ家も招待されていますね」

「ええ、そうですね。貴方も知っているとおりミラーニ家はわたくしの兄が爵位を継いでおり、本日も兄が参席なされる予定ですが、……それがどうかいたしたのですか？」

「……いえ。ただ、ミラーニ侯爵には一つ伝えておかなければならないことがあるものですから」

「そうですか。それではのちほど侯爵には陛下と会談を持つように取り計らっておきましょう。……それにしても、貴方が当日に話を持ち掛けるとは、おそらく何かあるのでしょうね」

王太后様はそれ以上言葉を紡がず、扇子を取り出して口元をお隠しになられた。

どこか憂いを秘めた表情をなさっているけれど、何か心当たりがあるのかしら……？


十分も経たない内に式典が始まった。

厳粛な雰囲気の中で粛々と式は進んでいき、いよいよわたくしが祝辞を読み上げる運びとなった。

「それでは王妃殿下、よろしくお願いいたします」

「はい」

緊張から身体が震えてくるのを何とか抑えながら立ち上がり、一歩ずつ演台の方へと歩みを進めた。

演台の前で立ち止まると、三日ほど前に侍従から手渡されこれまで何度も読み上げて練習しておいた原稿を広げて読み上げ…………え？

――原稿に、何も書かれていないわ。

震えと共に、全身が凍りつく感覚を覚えた。どうしてこんなことが……。

すると、より凍てつくような気配を感じたのでそちらの方に咄嗟に視線を合わせると、そこにはわたくしを凝視するカーラがいた。

頭の中が真っ白になった刹那《せつな》、カーラの身体から僅《わず》かに何か力の気配を感じた。

原稿に何も書かれていないなんて、そんなことがあるわけないわ。

何しろ、会場に入るまで最終確認のために入念に原稿を黙読していたのだもの。

そう、つまり先ほどまでこの原稿には文字が書かれていたのだ。なのに、どうして？

まるで魔術でもかけられてしまったように綺麗に無くなっている……。

わたくしが何も言葉を発さないからか、静寂に包まれた会場が次第に困惑の色を見せ始めた。

このままではいけない……！

「本日は皆様、このようなよき日にお集まりをいただきましてありがとうございます。……また、日頃からの皆様の尽力を賜わり、無事に我がラン王国の王宮魔術師長が新しく就任する運びとなりました。心より感謝しております」

何とか……ほぼ原稿通りに進めることができているけれど、正直なところこのあとの文はうろ覚えで自信がないわ。

このまま何の策も立てずに途切れさせてもよくないし、けれどどうしたら……。

ぎゅっと掌《てのひら》を握ると、ふと温かい視線を感じた。

思わずそちらの方に視線を移すと陛下と視線が合い、心が温まりほぐれていくように感じた。

……そうだわ。わたくしが純粋にバルケリー卿に抱く印象や、心から湧き上がるお祝いの言葉を伝えればよいのだわ。

「……バルケリー新魔術師長は普段から冷静沈着でいらっしゃいますので、これからも我が国の魔術を頼もしく牽引して行ってくださることでしょう。これからは……新魔術師長のご活躍と我が国の魔術の発展を心から願っております」

発した言葉の文法の誤りに気づきながらも、ともかく表情を変えないように何事も起こっていないと見せ掛けるよう細心の注意を払いながら一礼した。すると盛大な拍手が巻き起こり、なんとか乗り切ることができたのだと安堵をしながら自席へと戻った。

「非常によき祝辞であった」

自席へ着席すると、間髪入れずに陛下がわたくしにだけ聞こえる声で囁いた。

「……だが、事前に用意していた原稿とは内容が異なるようだが、……よもや何かあったのか？」

陛下はわたくしの異変にお気づきになられていたのね。

思わず先ほどの不安を打ち明けたくなるけれど、今は堪えなければ。

「……詳しい事情は、のちほどご説明いたします」

「了承した」

陛下は短く頷くと、何か言いたそうではあったけれど、今なお式典は続いているからか視線を前方にと戻した。

式典は順調に進み、バルケリー卿は陛下に名を呼ばれ、中央に設置された演台付近まで移動した。

いよいよ就任式も大詰めだわ。

「カイン・バルケリー。そなたをラン王国、第五十五代王宮魔術師長に任命する」

「謹んでお受けいたします」

王宮魔術師の正装である黒のローブを身につけたバルケリー卿は、陛下の傍で跪《ひざまず》き金色の杖《ワンド》を両手で受け取った。

あの杖は、代々王宮魔術師長に引き継がれし伝統のある杖だったはずだ。

――途端に会場中に拍手が鳴り響いた。

これで、約半年ほど空白だった王宮魔術師長の席が埋まり我が国の体面が保たれたのだ。

そもそも、なぜ前ドミニク王宮魔術師長は失脚したのだったかしら。

……確か、そう。先ほど陛下が仰っていたミラーニ侯爵と関わりがあったと……。

ミラーニ侯爵家と言えば、ラン王国の中でも屈指の資産家として名を馳せているけれど、その侯爵家と一介の王宮魔術師長が何かの関わりがあり問題が起きたのだとしたら、それはこの国にとって非常に由々しき事態だわ。

それを口外させないようにドミニク氏を解任させてしまったのだとしたら……。

思わず過去の法廷での出来事が目前に過った。

それが何なのかはまだ分からないけれど、……我が国で現在確実に何かが起こっている。

それだけは確信を持つことができた。


式典は無事に終了し、わたくしたちは王宮の本棟の食堂へと移動した。

先ほどの式典に参加した方々を招待し、これから昼食会を行う予定だ。

また本宮の食堂は、普段わたくしと陛下が私的に食事をしている本居住宮の食堂と比べて、このような行事で大勢のお客様を招待することもあるので何倍も広いのだ。

「皆様、この度我が国の王宮魔術師に就任したカイン・バルケリーを祝うためにお集まりいただき、誠にありがとうございます」

祝杯を右手に持ち、我が国の宰相であるバレ公爵――わたくしの父が乾杯の挨拶をした。

お父様に関しては腰を据えて相談したい件が山ほどあるけれど、今は昼食会に専念しなければ。

「乾杯」

「――乾杯！」

そして昼食会が始まると、給仕らが静かな動作でテーブルの上にお皿を置いていく。

わたくしの目前にもソラマメのスープが運ばれ、途端に生命力溢れる香りに包まれたような気がして活力がみなぎるように感じた。

静かな所作でスープをスプーンで掬《すく》って口に運ぶと、その香りを鮮烈に感じ思わず顔が綻んだ。

「とても美味しいですね」

隣で食事を進める陛下に自然に声を掛けると、陛下は口元をナプキンで拭ってから頷いた。

「ああ、そうだな。……今回の昼食会のメニューはそなたが考案したそうだな」

「いいえ、考案したと言うよりは、元々決められたメニューに少し口を添えさせていただいたのです」

あれは三日前だったかしら。

メニューを確認している際に気になった点があったので少々話をしたけれど、素人であるわたくしの意見はあまり参考にならないと思っていたので、今まで失念していたわ。

「それがとても的確だったと料理長が言っていたそうだ。そなたに感謝の言葉を伝えたいともな」

「わたくしはそれほど大層なことは……」

思わず頬が熱くなり、視線を逸らした。

けれど、その視線の先には思わぬ人物――カーラがいた。

カーラは食事もせずに、静かにわたくしたちを見ているようだった。


昼食会も終了間近になると、招待客が各々席を立ち会話を始めた。

元々、この昼食会は先に行われた晩餐会ほど格式を重んじず、参加者同士の交流も目的に行われているものなので、このように会場を乱さない程度であれば自由に動くことができるのだ。

なので、先ほど目が合った時点でこうなることは予測がついていたけれど——カーラが、父親のビュッフェ侯爵と共にわたくしたちの席を訪ねて来た。

と言っても、今回はカーラが招待されているのは勿論常に念頭においているので、警戒は怠らなかったのだけれど。

「国王陛下、妃殿下にご挨拶申し上げます。本日は誠におめでとうございます」

「おめでとうございます」

軽やかに綺麗な姿勢でカーテシーをしたカーラに対し、陛下は表情を変えずに頷いた。

……いいえ、心なしか少し警戒なさって……いる？

「丁寧な挨拶に心から痛み入る」

あくまで義務的な返答だわ。

やはり表情一つ変えない。けれど、これは演技だということもあるのかもしれない。

わたくしも何か返答しなければならないけれど、カーラを目前にすると思考が鈍ってしまう……。

——なぜカーラは、わたくしに対してあのような薬を飲ませたのか。

まだ確定したことではないけれど、その考えが過ると冷静さを取り戻していくように感じた。

感情で動くカーラの人間的な一面が垣間《かいま》見えたからだろうか。

「本日はご足労いただきまして、ありがとうございます」

「妃殿下におかれましては、お変わりありませんでしょうか」

「はい。特に変わりなく恙《つつが》ない日常を送っております」

「そうですか。それは何よりでございます」

カーラは綺麗な笑顔でそう言った。

「あと二ヶ月ほど経ちましたら、妃殿下にお仕えすることがようやく叶いますね。今から心待ちにしております」

よくそんな心にもないことが言えるものね。

思わず睨みつけたくなったけれど、グッと堪えた。

「ビュッフェ侯爵令嬢は優秀な方と聞き及んでおりますので、わたくしも楽しみにしております」

表情は笑みを作り、けれどその実目は絶対に笑わない。

カーラに対して、この表情を臆することなくすることができる日がくるとは……。

「……光栄でございます。それでは、わたくしはこれで失礼させていただきます」

カーラは静かにカーテシーをし、背姿を見せずに立ち去っていった。

何事もなく無事にやり過ごしたようね……。

ため息を漏らしたいところだけれど、公のこの場ではとても叶いそうにないわね。

「ビュッフェ侯爵令嬢だが」

陛下はわたくしのみに聞こえるように、そっと囁いた。

「はい。ビュッフェ侯爵令嬢が如何いたしましたか？」

まさか、気に入っているだとか、何かよからぬことを切り出されるのでは……。

「後日、そなたに伝えたいことがある。……そうだな、そなたのティーサロンで伝えたいのだが」

わざわざティーサロンで……？

まさか、カーラを側室として迎える相談ではないわよね。

……わたくしはどうも、カーラが絡むと冷静ではいられず思考が偏ってしまうようね……。

「はい、承知いたしました。心得ておきます」

「ああ」

陛下は硬い表情のまま頷くと、目前のコーヒーカップの取っ手を持ち、一口コーヒーを口に含んだ。

それにしても、カーラに関して伝えたいこととは何かしら。

側室に迎えるとか愛人にしたいとか、よからぬ相談かと思ったけれど、……そもそも陛下は、先ほどからカーラを見かけたり言葉を交わしても表情一つ変えられないのよね。

それどころか警戒なさっているような表情までされていた。

……今の時点では、カーラに特別な感情を寄せていない……？

元より、前回の生でも陛下はカーラを受け入れていたのかしら……。

そう思い、思わず陛下の方に視線を移したけれど、陛下はわたくしの視線に気がついたのか、穏和な表情をされた。

「ときに、そなたの召し物だが、実によく似合っておるな」

とても素敵な笑顔でそう言ってくださったので、みるみるうちに頬が熱くなってきた。

「ありがとうございます、陛下。光栄です」

「誠に似合っておる。……先ほどは伝える際に、多少先を越されてしまったが」

陛下はコホンと咳払いをしてから続けた。

「ところで、祝辞の内容を変更した件だが、あれはどのような事情があったのだ？」

「それは……」

この場で真実を打ち明けてもよいものなのかしら……。

そう思案すると、自席で談笑していたカーラとふと目が合う。

とても冷たくて無機質な表情をしているわ。思わず心が凍てつくように感じるけれど、よく観察するとどこか悔しさを含んでいるようにも感じた。

「この場ではそぐわない内容ですので、のちほどご説明させていただきます」

「了承した」

陛下が小さく頷くと、丁度見知った方がわたくしたちの元に訪ねてきた。

「陛下、妃殿下。本日は新王宮魔術師の就任、誠におめでとうございます」

「レオニール。そなたの日頃の働きには痛み入る。……加えて、そなたにはのちほど少々頼みがあるのだが、構わぬか」

レオニール殿下は肩をすくめて少々苦笑をされた。

殿下が右手に握っている何か筒のようなものが、妙に目を引いた。

「陛下の仰りたいことは大方理解しています。……分かりました」

少々苦笑したような表情を浮かべ、レオニール殿下は小さく頷かれた。

何か不服そうだけれど、陛下からの頼み事を無下にできないので異を唱えることも難しいのね。

「レオニール殿下。殿下はこれから何かご用件があるのではないのですか？」

「妃殿下……」

殿下は意表を衝かれたような表情をされたので、わたくしは確信を持った。

「そうであったか。であれば私の用件は構わないが」

「……いえ。私の方は大した用件ではないので大丈夫です」

「……そうか」

「それではのちほどまた伺います」

「ああ、頼む」

やはり、少し苦笑したような表情をされている。殿下はこれから何かのご用件があったようだけれど、本当によかったのかしら。

それに、両手で持っていたあの筒も、なぜか気に掛かるわ。

殿下は王弟として普段から陛下の御公務の補佐をなさっている。思えば前回の生の際に、ティーサロンで何か他になさりたいことがあるとポツリと呟《つぶや》いていたけれど、あれは何だったのかしら。

そのときは確か詳細を訊こうとしたのだけれど、はぐらかされてしまったのだわ。

そして、殿下はそのまま歩みを進めて自席へと戻られ、何かを気に掛けているのかバルケリー卿の席の方をチラリと見ていた。

「陛下、妃殿下。本日は誠におめでとうございます」

殿下を見送った後、宰相であるわたくしの父バレ公爵と、法務大臣であるエトムント侯爵がこちらにやって来た。

陛下は途端に眼光を鋭くし、周囲に凍りつくような雰囲気を醸し出す。

「本日は大義である」

「勿体ないお言葉でございます、陛下」

お父様は背筋を伸ばし、穏和な表情で続けた。

「ときに陛下。先日の件ですが」

「ああ、把握している。詳細はそなたから王妃に告げるとのことだったな」

「はい、左様でございます。意を汲んでいただきまして、誠にありがとうございます」

「妃殿下。ですので、その件に関しては後日ご説明させていただきます」

「……分かりました」

お父様と会話をするのは、婚儀後初めてなのでとても緊張する。

でも、先ほどの件とは何のことかしら。……ひょっとすると、わたくしが魔術から隔離されていたあの件かもしれない。陛下からお父様に話を通しておくと言っていたし、きっとそうね。

「宰相、それではその日取りは……」

「妃殿下。追ってご連絡いたしますゆえ。して陛下、本日は誠にめでたいですな。何しろ我が国の主要産業は魔宝具《まほうぐ》でありますから、バルケリー魔術師長には是非とも牽引していただきたいものです」

「ああ、そうだな」

陛下が無表情で頷くと、今度は法務大臣のエトムント侯爵が口を開いた。

「陛下、つきましては魔石鉱山に関しての協議ですが」

「ああ。のちほど席を設けた。そなたも同席するように」

「かしこまりました」

法務大臣は穏やかな表情かつ綺麗な立ち姿で一礼し、お父様と共に「失礼いたします」と言ってからその場を立ち去った。

それから、入れ替わるようにバルケリー卿が初老の男性を連れてわたくしたちの元へと赴いた。

「陛下、妃殿下。本日は誠にありがとうございます。加えて先日は大変お世話をお掛けいたしました」

「バルケリー魔術師長。本日は誠におめでとう」

「ありがとうございます、陛下」

二人とも無表情で挨拶をし合っているけれど、目元は緩んでいて気を許しているように感じる。

「妃殿下。こちらは魔術学園の学園長、ノア・クラークです」

魔術学園の学園長と紹介されたのは、白髪交じりの長身の男性だった。

目視では初老の男性の印象を持つけれど、背筋はピンと伸ばしていて立ち姿に好感をもった。

「妃殿下、お初にお目に掛かります。以後お見知りおきくださいませ」

「クラーク学園長。こちらこそ、これからどうぞよろしくお願いいたします」

クラーク卿は朗らかな表情で頷くと、わたくしの瞳にそっと視線を合わせた。

「……ようやく念願叶って貴方様にお会いすることができました。私共は貴方様が学園にお越しくださる日を心からお待ちしております」

「お心遣いをいただきましてありがとうございます。魔術学園に赴く日を楽しみにしております」

クラーク卿は再び朗らかな表情で深く一礼すると、綺麗な立ち姿のまま「失礼いたします」と言って立ち去った。

「妃殿下。先日は誠にありがとうございました」

「いいえ、こちらこそ、バルケリー魔術師長にご尽力いただいたおかげでわたくしの大切な侍女が傷つかずに済みました。心からお礼申し上げます」

ここは公の場所なので、オリビアの名前を出さないように言葉に気をつけながら発言をした。

それにしても、バルケリー卿とオリビアは、あのあと何か進展はあったのかしら。

今すぐ訊いてみたい衝動に駆られるけれど、流石に場違いな話題なので控えなければね。

「……それでは陛下、また明日にお会いしましょう」

「ああ、よろしく頼む」

「はい。失礼いたします」

一礼し立ち去ったけれど、先ほどのバルケリー卿の言葉が気に掛かった。

「あの、陛下。明日バルケリー魔術師長とお約束があるのでしょうか」

確か、明日はわたくしとティーサロンでお茶する約束があるのだけれど、その前後で何かご予定があるのかしら。

「いや、……そうだな」

何か言いたげだったけれど、陛下はそのあとの言葉は紡がずに、代わりにわたくしにそっと優しげな眼差しを向けたのだった。

◇

王宮魔術師長の就任式から二日後の十五時頃。

わたくしは、王宮の本宮に設けられたわたくし専用のティーサロンにいた。というのも、先日アルベルト陛下と「共にお茶を嗜《たしな》む」と約束をし、それを果たすために一足先に準備をしているからだ。

「妃殿下。こちらはここに置いてよろしいですか？」

「ええ、こちらで構わないわ。……それにしても、陛下と晩餐以外でお茶するのはとても久しぶりなので少し緊張するけれど、同時に何か不思議な感覚を覚えるわね」

一緒に準備をしてもらっているオリビアには、茶器を中央のテーブルの上に置いてもらい、次いでわたくしはワゴンから茶菓子の皿を取り出し載せていく。

「久しぶりと言いますと、確か婚前に何度か王宮でお茶をご一緒なさったことがあったのでしたね」

「ええ。十年ほど妃教育のために王宮に通っていたけれど、思えば陛下とお茶をご一緒したのは片手で数えられるだけだったわ」

それもどれも二人きりではなく、必ず王太后様かレオニール殿下がご一緒されていた。だからよく考えてみると、陛下と二人きりで晩餐以外でお茶を嗜むなんて初めてだわ。

前回の生では、晩餐さえほとんど一緒に摂らなかったのに、ティーサロンで陛下とお茶するなんてとても考えられないことだった。

そう思案していると、ふと目前のオリビアが気に掛かった。

「そう言えば、オリビアはあれからバルケリー卿とは何か進展はあったのかしら？」

先日の昼食会で抱いた疑問を、直接オリビアに投げかけてみる。

実はこれまでも何度かオリビアに訊きたかったのだけれど、中々二人きりになれなかったので叶わなかったのだ。

「カイン……バルケリー卿ですか？　えっと……」

途端に、何か言い出し辛そうな雰囲気を醸し出した。

「もしかして、求婚《プロポーズ》されたのかしら？」

「い、いいえ、そんなまさか。バルケリー卿とは、お礼を兼ねて一緒に食事をするために後日街へ出掛ける予定はありますが、ただそれだけです」

「あら、そうなのね」

そう言って持っているトレイで顔を隠してしまったけれど、その顔は耳まで真っ赤になっていた。

とても微笑ましいわ。これはまた日を改めて、こっそりと進捗《しんちょく》状況を聞こうかしら。

そう思案していると、トントン、とノックの音が響いた。

オリビアに視線を向けると、彼女は小さく頷き、すかさず扉を開いた。すると、陛下の護衛騎士が立っていて、一礼し挨拶を告げるとすぐに退室し、続いて陛下が入室なさった。

「すまない、待たせただろうか」

「わたくしも先ほど到着したばかりですので、お気になさらないでください」

本日は土曜日なので御公務はほとんどないはずで、そのためなのか陛下の身に着けている黒地の宮廷服が、普段よりも私的な色合いが強いように感じる。

とてもお似合いになっているわ。

「どうかしたのか？」

「……と言いますと」

「いや、そなたが少々無言だったので気に掛かってな」

……大変。陛下のお姿に心を奪われて惚《ほう》けてしまっていたのかしら。

ここは、何かを言って取り繕わなければ。

「陛下のお姿が、とても素敵だと思ったものですから」

これで何とか取り繕うことはできたようね。

……あら？　陛下がピタリと動きを止めてからこちらの方へとやって来たけれど……。

「それは本心からか？」

「は、はい。本心からですが……」

どうしてかしら。わたくしなぜかジリジリと壁際に追いやられているような……。

「それならば、とても好ましく思う。……セリス」

「は、はい」

陛下が潤んだ瞳でわたくしを見つめ、その指先がわたくしの左の頬に控えめに触れた。

「私はそなたのことが」

——ガランガラン
陛下がその先の言葉を紡ごうとした瞬間、突然前方から何かを落としたような大きな音が響いたので、慌ててそちらに視線を移した。

「も、申し訳ございません……！　わたくし、すぐに失礼をいたしますので!!」

視線の先には物凄く取り乱した様子のオリビアがいて、深く一礼すると落としたトレイを拾い上げて一目散に退室した。

こ、これは……、もしや途轍《とてつ》もなくオリビアに気を遣わせてしまったのでは……。

そう認識すると、途端にわたくしの両頬が熱を帯びていく。

「あ、あの。今からお茶をお淹れいたしますので、よろしければお掛けくださいませ」

きっと、真っ赤に染まってしまっているであろう顔面をできるだけ見られたくないので、顔を伏せて陛下に対して切り出した。

「……ああ、そうだな。それでは失礼させてもらう」

陛下は長椅子に腰掛けると、そっと左の手首に手を添えた。

手首には何か銀色の腕輪が嵌められているようだけれど、普段からあのような装飾を身に着けておられたかしら……？

「では、本日の紅茶は、基本的な茶葉に柑橘系のフレーバーを添加した物を用意しているのですが、如何でしょうか」

「ああ、それで構わない」

「承知いたしました」

まず、わたくしは保温機能の高いポットの高温のお湯を茶器やティーカップに注いで温めた。

それから、それ専用として用意していた器にお湯を捨ててから、ティースプンで茶葉を二杯茶器に入れ、改めて茶器に今度はできるだけ高い位置から熱湯を注いだ。

「先ほどとは、湯を注ぐ位置が異なるのだな」

陛下は興味深そうにその様子を見ている。

「はい。こうすることで、より茶葉の成分が抽出されるそうです」

「そうか、それは興味深いな」

陛下は心からそう思っているのか、口元に手を当てて観察なさっていて、何だかその様子を見ていたら微笑ましくなり思わずクスリと笑みをこぼしてしまった。

「そなたが、愉悦を感じているようで安心した」

「それは……」

そのあとの言葉を紡ぐことができなかった。胸の鼓動が高まってとても平常心でいられないわ。

ともかく、お茶を蒸らすために砂時計をひっくり返して時を計り、少しでも気を逸らすことにした。

ただでさえ二人きりで緊張しているのに、先ほどから陛下がわたくしの胸の鼓動を高鳴らせるような行動をお取りになるものだから、身がもたないと思ったからだ。

それから砂時計の砂が全て落ちたので、茶器を傾けてティーポットに紅茶を注いだ。たちまち芳醇な香りが室内中に漂いわたくしの心をほぐしてくれた。

「どうぞ。侍女が淹れるお茶と比べたら劣るとは思いますが……」

陛下の目前にティーカップを置き、次いでわたくしの席にもそれを置き席に着いた。

お茶請けにはドレッセ・バニーユやメレンゲクッキー等の焼き菓子や、ブラウニー等のチョコレートケーキを用意してあるわ。

ただ、陛下は普段からあまり甘いものを食されないので、料理長には予め砂糖の量を控えて作ってもらっている。

陛下は静かな手つきでティーカップに口をつけると、ふと表情を和ませた。

「とても豊かな味わいだ。……落ち着くな」

「そう仰っていただきまして、嬉しく思います」

微笑む陛下を見ていると、再び胸の鼓動が高まってくるようだった。

それから二人でしばらく紅茶を楽しみ穏やかな時間を過ごしたあと、陛下はティーカップをソーサーの上に置くと改めて姿勢を正した。

「ときに、先日の魔術師長就任式での祝辞の変更の件であるが、何か事情があったとのことだが」

「……はい」

わたくしもティーカップをソーサーの上に置いて小さく頷く。

陛下になら包み隠さずありのままの事実を伝えることができる。そう直感が過った。

先の就任式での祝辞の件を陛下に説明するべく、わたくしはできるだけ事実をありのままにお伝えするように努めた。

「実は、信じられないような話ですが、予め用意していた原稿が白紙になっていたのです」

「白紙に……？」

「はい。式が始まる直前まで目を通しておりましたし、肌身離さず持っておりましたので、すり替えられた可能性は低いとは思うのですが」

初めて例の件を打ち明けたこともあり、自分でも可笑《おか》しなことを言っている自覚はある。

けれど、あくまで事実をそのまま伝えているので他に言いようもないのだ。

「そうか。……それは難儀であったな。と言うことは全く何も読まずにやり遂げたのか？」

「はい。ですので少々しどろもどろになってしまいましたが、何とか場を途切れさせることにはならず安堵しております」

「いや、むしろ言われなければ分からないほど円滑に話せていた。堂々とした態度には好感を抱いたほどだ」

「そんな、過分なご評価を……」

熱い視線でそう言われたものだから、再び頬が熱くなってきたわ。鼓動も速まってきたし……。

「……それにしても、なぜ原稿が白紙になったのでしょうか」

「そうだな。考えられる可能性はそう多くはないが、ひとまずその原稿を預からせてもらえないだろうか」

「はい。でしたら、のちほど陛下の側仕えに預けるように侍女に申し伝えておきます」

「……ああ。ただその際は、できるだけ信用のおける者に託してもらえないだろうか」

「信用のおける者……ですか？」

「ああ」

その言い方には含みがあるように感じとても気に掛かったけれど、直接は訊かない方がよいと陛下の真剣な瞳を見て悟った。

「承知いたしました。それではオリビアに託しますね」

「それがよいだろう。……して、そなたに相談しておきたいことがあるのだ」

「相談ですか？」

陛下の瞳が、ますます真剣さを帯びていくように感じる。

「ああ。……再来月からそなたの専属侍女となる予定の、ビュッフェ侯爵令嬢のことだ」

一気に血の気が引いた。

まさかこの場で、陛下の口からカーラの名前が出てくるとは思っていなかったから。

「……ビュッフェ侯爵令嬢が如何いたしましたか？」

何とか言葉を振り絞ったけれど、まさか、先日会った際にカーラを気に入ったから側室にしたいと持ち掛けられるのかしら……。

「そなたがよければの話だが」

「は、はい」

これは、覚悟を決めなければならないかしら……。

手のひらをぎゅっと握りしめ瞼も固く閉じた。

「ビュッフェ侯爵令嬢をそなたの専属の侍女ではなく、王太后付きの侍女に配置しようかと思うのだ」

その言葉の意味を呑み込むのに、随分時間が掛かってしまった。

カーラをわたくしの侍女に……しない……？

「あの、それは……どのような理由からでしょうか」

「理由は……そうだな、そなたには打ち明けておいた方がよいだろう。実はビュッフェ侯爵家が我が王家に対してその実、忠義を尽くしてはいないとの疑いがあるのだ」

「忠義を尽くしていない……？」

その話は初めて聞いたので、中々言葉を呑み込めないけれど、ともかく事態を把握することに努めなければ。

「ああ。ただそのような報告があるが、ビュッフェ侯爵家は我が国の中でも有力な家門であり、特に貴族派に対して尽大な影響力があるので無下にはできなかったのだ」

そう言った事情があったのね。前回の生の際には把握することができていなかったわ……。

「……そういったご事情がおありなら、ビュッフェ侯爵令嬢をわたくしの侍女にしないことは具合が悪くなりませんか？」

「実のところ、一度はそのように判断し、警戒を最大限に行うと共にビュッフェ侯爵令嬢を変わらずそなたの侍女に就任させる手筈《てはず》だったのだ」

大きく鼓動が跳ねた。

まさか、前の生でもそうだった……のかしら……？

「だが、その考えは悔い改めたのだ。どのような事情があれ、そなたの身を危険に晒すわけにはいかないからな。だが、一度はそなたを危険に晒す選択をしてしまったことを、今では深く悔いている」

「陛下……」

涙が溢れそうになった。

カーラが思わぬ形でわたくしの侍女に就任しなくなるという事実に安堵したし、何よりも陛下の心遣いに触れて心が震えたのだ。

「……ですが、それでは王太后様が危険に晒されませんか？」

「そちらの対策も万全にしている。特に王太后の実家であるミラーニ家に協力を仰ぎ、現在綿密に対策を練っているところだ」

「……王宮魔術師長の就任式で、ミラーニ家の名前が挙げられていたのはそのためだったのですね」

「ああ、そうだ。まあ、用件はそれだけではなかったのだがな」

その言葉はあくまで呟きのようだったので、あえて深く言及しないことにした。

……それにしても、カーラがわたくしの侍女に就任しないなんて……。

「それでは、……陛下はビュッフェ侯爵令嬢のことを気に掛けてはおられないのですか？」

「警戒対象として常に気に掛けてはいるが、特にそれ以上のことは気に掛けていない」

思わず脱力し、椅子から落ちてしまった。

けれど、意外にも衝撃が少なく痛みもあまり感じなかった。

「大事はないか……！」

陛下は一目散に駆けつけて、わたくしを抱き抱えてくれた。

嬉しいけれど、まだ力が入りそうにない。

「……申し訳ありません。何だか力が抜けてしまって……」

これは、カーラに対する警戒心をいっときも外すことができなかったことへの反動なのかもしれない。その警戒を緩めてもよいと突然心が悟ったから……。

「セリス……」

陛下はわたくしの手を取りそっと立たせると、力強く抱きしめてくれた。

「私はそなたを愛している。……だからこれから行うことは、どうか義務や必要なことだから行ったとは思わないで欲しい」

「陛下……？」

陛下が囁いた言葉が心に浸透していく。

あのとき、「絶対に二度と陛下を愛さない」と誓った想いが少しずつ解《ほど》かれていくように感じた。

陛下はそっとわたくしから離れると、代わりにわたくしの左の頬に手を添え、わたくしの唇にそっと陛下のそれを重ねた。……陛下から口づけを受けている……。温かくて優しい感触……。

認識すると心が震えてきて、すでにこぼれそうだった涙が次から次へと溢《あふ》れて止まらなかった。

前の生では、口づけを受けてこんなにも幸福な気持ちになることはなかったのに……。

何度も確かめるように、離れては再び唇を重ね、次第に深くなり胸の奥が熱を帯びてくる。

気がつくと、自然に陛下の背中に自身の腕を回していた。

わたくしの気持ちも……陛下にお伝えしなければ……。わたくしは陛下のことを……。

「陛下……」

陛下を見上げて意を決して言葉を紡ごうとすると、突然身体の奥から怒濤《どとう》のように熱が込み上げてきた――

そして、陛下の左の手首に装着している銀色の腕輪に嵌められた宝石が眩く光り、その光がわたくしを包み込んでいった。それは全身に染み渡っていくように感じる。

「――――っく!」

声にならない声を上げるわたくしを、包み込むように陛下が優しく抱きしめてくださった。

逞しい腕やその胸の力強い鼓動が、わたくしの心を励ましてくれる。

――大丈夫、何も不安に思うことはない。まるでそう言い聞かせているようだった。

そして光が収まり周囲にまるで何事もなかったかのような静けさが漂うと、陛下はそっとわたくしを抱きしめていた腕の力を緩めた。

「……これでおそらく、そなたの体質は改善されるであろう」

「……改善……ですか……？」

仰った言葉の意味を測りかねてぼんやりとしていると、ふと陛下の手がわたくしの髪に触れた。

「そなたの虚弱体質のことだ。以前にバルケリー魔術師長からその話を聞いただろう」

バルケリー卿……。

そうだわ、確かに以前その話を卿から伺ったわ。けれどその時は魔力の中和？　だったかしら、その具体的な方法までは聞いていなかったのだ。

「はい。ですが、それと先ほどのそ、その……」

「どうしたのだ？」

「あの……」

とても、口づけだなんて声に出すのは憚《はばか》られてできそうにもないわ……。

声に出そうとしただけで耳まで熱くなってきたし……。

その様子を見たからか、陛下は口元を緩めてわたくしの耳元に囁いた。

「口づけのことか？」

きゃあぁぁ、そ、その言葉を直に陛下の口から聞くことの破壊力と羞恥心といったら！

「は、はい……」

思わず肯定してしまったわ……。

「そうだ。魔術師長によると、どうも魔力の中和には私の口づけとこの魔宝具が不可欠とのことでな」

そう言って陛下は、ご自身の左手首に装着された腕輪をお見せになった。

その腕輪は魔宝具だったのね――!

「そうでしたか」

それでは、先ほどの口づけはあくまで義務的なものだったのかしら。

そう思うと、途端に陛下の言葉が脳裏に過る。

『私はそなたを愛している。……だからこれから行うことは、どうか義務や必要なことだから行ったとは思わないで欲しい』

そうだわ。陛下は前もってそう言ってくれていたのだわ。

そうであれば、陛下はわたくしのことを想って、……く、口づけをしてくれたのかしら……。そうであれば嬉しい……。

「陛下……」

この気持ちを何とか陛下に伝えたいのだけれど、どうにもいざ言葉にしようとすると怯《ひる》んでしまう。

その様子を見かねたのか、陛下はそっと再びわたくしの耳元に囁いた。

「そなたが愛しい。もう一度口づけをしてもよいだろうか?」

たちまち顔が熱くなってくるし鼓動は鳴り響いたままだけれど、温かさも込み上げてきて気がついたら頷いていた。

そっとわたくしの頬に左手で触れて、陛下の唇がわたくしの頬に触れる。

次は額に、瞼に、眦《めじり》に触れると、唇に触れた。

その口づけは先ほどのようにとても温かくて、永遠に続けばよいのにと心から思った。

「そのように瞳を潤ませては、そなたを欲してしまう。……私は自重しなければならぬな」

欲する……自重……。

ひょっとして、初夜の儀の際に陛下を拒絶してしまったから、それを気にされて……。

わたくしは、今はあのときのように陛下に対して疑心を抱いていない。カーラのことを想っておらず、反対に警戒心を抱いていたことも知ることができた。……わたくしは……。

「陛下。あの時の言葉を謝罪させてください。わたくしは……」

この先の言葉を紡ぐのはとても勇気が必要なことなので憚られたけれど、今伝えなければならないと強く思った。

「わたくしは、陛下のことをお慕いしております」

「セリス……」

想いを伝えることができて本当によかった。

脱力してその場に蹲りそうになったけれど、陛下がしっかりと身体を支えてくださり、そしてわたくしを抱きしめて……。突然ノックの音が室内に響き渡り、わたくしたちは反射的に離れた。

陛下はたちまち表情を険しくする。

「何用か」

「陛下、魔術師長様がお二人にご面談を希望しております」

男性の声だから、おそらく扉前の近衛騎士の声ね。

「……了承した。だが、準備をするので少々時間をもらう」

「かしこまりました」

陛下は小さく息を吐くと、そっとわたくしの髪を撫でた。

「セリス。先ほどのそなたの言葉、真に嬉しく思う」

「……はい」

「……今晩、私の元に……と言いたいところだが、そなたはまだ力が安定しておらず不安定な状態だ。そのような状態のそなたに無理を強いるわけにはいかぬし、……現在我が国に不安要素があるのも実情だ」

「不安要素……」

その言葉を聞いた途端、前回の生の際に捕縛されたときのことが脳裏を過った。

——もしかして、その不安要素を取り除くことができなかったから、わたくしはあのとき……。

そう思いながらも、これ以上バルケリー卿を待たせるのは申し訳ないので、わたくしたちはそれぞれ席に着いてから卿に入室してもらった。

「失礼する。魔力の中和の反応を観測したので状況を確認したいのだが、よろしいか」

「はい、勿論です。どうぞこちらへ」

何とか平静を保つけれど、正直なところ今はバルケリー卿の顔をまともに見るのもやっとだわ。

何しろ先ほどまで陛下と……想いを確かめ合っていたから。そう認識すると、たちまち顔が熱くなってきた。茶器を温めると、茶葉を入れ替えて改めて茶器に湯を注ぎ砂時計をひっくり返す。

そうした動作をしていると、心が徐々に落ち着いたように感じた。

「あくまで目視での観測ですが、妃殿下の魔力は無事に中和され抑え込まれたようです。今後は、魔力の制御のために魔術学園でしばらく学んでいただきますが、ひとまずはこれで身体の方の問題は、大方解消をすることができたと判断いたします」

バルケリー卿の言葉を聞いて、改めてわたくしの身体に起きた変化を実感した。長年悩まされてきたあの虚弱体質が……改善した……？

わたくしは気がついたら椅子から立ち上がり、卿に向かって深く礼をしていた。

「魔術師長、誠にありがとうございました。何とお礼を申し上げてよいか……」

胸が詰まり、目頭が熱くなってくる。

「妃殿下、頭を上げてください。実際に私は大したことはできていないのですから。それにあなたはリビアにとって恩人です。実のところ、このくらいではあなたにとても御恩を返すことはできないと思っているのです」

バルケリー卿の言葉が胸に響いて更に目頭が熱くなり、卿に促されても中々頭を上げることはできそうになかった。

「私からも礼を言う。魔術師長、王妃の……いや、我が妻の体質の改善に努めたこと、誠に大義であった。のちほど十分に報償を与えよう」

「いや、流石にそれは過分な判断……」

バルケリー卿が言いかけた言葉を止めたので思わず頭を上げると、いつの間にかわたくしの隣に立っていた陛下の顔を見て息を呑んでいる卿の姿があった。

「……分かりました。謹んでお受けいたします」

「ああ、よきに計らう」

陛下は頷くと、わたくしに椅子に掛けるように促す。

そして、そのあとわたくしは弾む心を抑えながら陛下と卿の紅茶を静かに淹れたのだった。

◇

セリスとアルベルトが、王城内のティーサロンでのやり取りを行った翌週の土曜日。

王都の街中ではビュッフェ侯爵家の馬車が、煉瓦《れんが》で舗装された街道を走っていた。

室内にはビュッフェ侯爵とカーラが乗り込んでおり、黒のフロックコートと紫色のドレスに身を包んでいる。

「ガード伯爵家の茶会は、実に有意義な時間であったな」

「……ええ、そうですわね」

カーラは、どこか心あらずといった様子で軽く頷くのみだった。

すると、見かねた様子のビュッフェ侯爵が、先週王宮で行われた魔術師長の就任式での話題を持ちだした。

「そなたが王妃の祝辞の原稿に魔術を使用したが王妃が問題なく祝辞を述べたあの件だが、何か気掛かりがあるようだな」

瞬間、これまで表情ひとつ変えずに背筋を伸ばし座席に座っていたカーラが、眉間に皺《しわ》を寄せる。

「なぜ、原稿を白紙にしたはずなのに滞りなく祝辞を読み上げることができたのでしょうか……！」

正面に座るビュッフェ侯爵には構わず、カーラは手元の扇子でバチンと自らが座る座席を叩き怒りをぶつけた。

「そなたが取り乱すとは珍しいな。だが、その原稿は誠に白紙になっていたのか？」

父親の冷淡な声に、カーラの激昂《げきこう》はスッと過ぎ去り座席に軽く掛け直した。

「はい。あの女……王妃が壇上に上がった瞬間に確かに魔術を発動しました。それも魔術師が包囲する会場でそれを行うのですから、予め協力者に壇上付近に魔法陣を隠蔽魔術で描くように指示も出した上で」

「そうか。そうであれば、王妃は白紙になった原稿を目前にしても動揺せず、それどころか大衆の面前にも関わらず、即興で言葉を考えた上で祝辞を述べたということになるな」

思わず、カーラは再び手持ちの扇子で座席を叩いた。

「あの女、……なぜあのような機転が利くのか」

「……心情の理解をできなくもないが、少々自重するべきだ。第一、今回の件はそなたの完全なる独断であり、元より我々の計画外のことだ。失敗したとして何の支障もないことであるし、むしろ下手に行動を起こし我々の足取りが知られてもまずい」

ビュッフェ侯爵は吐き出すように伝えると、カーラからは視線を外し窓の外を眺めた。

「足取りを掴まれることがなきように、万全に対策を立てておりますので、ご安心を」

「……ああ、そうだな。そなたの魔術は高水準であるから、元よりその点は憂慮しておらぬ」

ビュッフェ侯爵は、改めてカーラの方に視線を合わせた。

「だがな、私はそなたが少々感情的になっているのではないかと、その点を危惧しているのだ。……そなたは優秀ゆえ、敢《あ》えてそれ以上の勧告はせぬ」

「……ご忠告、痛み入ります」

姿勢を正して侯爵に向けて一礼すると、今度はカーラが窓の外を眺めた。

窓の外には婦人や小さな子供が歩き、ゆったりとした時間が流れているようだった。

カーラの脳裏に、先日の昼食会で会話を交わした際のセリスの表情が浮かんだ。

笑顔だが目は決して笑っていなかったあの表情は、カーラの心にさざなみを立てた。

「あの女……いつも作った笑みしかできない、受け身で自身の意見一つ言うことができなかったあの女が、わたくしに対してあんな表情をするなんて……」

たちまち苛《いら》立《だ》ちと忌々しさが込み上げてきたが、同時に何か形容し難いセリスへの羨望とも言える心緒《しんちょ》も湧き上がってきたように感じた。

「……まさか、このわたくしがあの女に対して何かを期待している……？」

カーラは小さく呟くと、すぐさま首を横に振って息を吐き出したのだった。

「お帰りなさいませ、旦那様」

「ああ、ただいま戻った。何か変わりはないか？」

ビュッフェ侯爵とカーラは、邸宅へと戻ると玄関ホールで侯爵家の家令であるドミニクと他の使用人たちに迎え入れられた。

それは、邸宅の主人である彼らが外出から戻った際に必ず行われていることではあるが、今日は使用人たちの様子がどこか心あらずといった様子で、特にドミニクの様子の違いが顕著に見て取れた。

「実は、つい半刻ほど前に王宮から使者が。ただ今、応接室にてお待ちいただいております」

「王宮からの使者……？」

予想していなかった事態だったのか、ビュッフェ侯爵は大きく目を見開いたが、すぐさま頷いた。

「分かった。それではすぐに応接室へと向かおう」

「……それでは、お父様。わたくしはこれにて、一先ず失礼させていただきます」

綺麗な姿勢でカーテシーをし、自身の侍女と共に自室へと戻ろうとするカーラに対して、ドミニクがすかさず声を掛ける。

「実は、使者の方はカーラお嬢様に対して用件があるとのことでしたので、どうかお嬢様にも同席をお願いいたします」

「……わたくしに対して？」

カーラは訝《いぶか》しげに眉間に皺を寄せたが、すぐに表情を戻した。

「……分かったわ。ただ、少々準備をするので一度部屋に戻るわね」

「かしこまりました」

その後、カーラは応接間へと赴くビュッフェ侯爵とドミニクを見送ると、私室へと戻り身支度を終えてから速やかに応接間の扉を四回ノックした。

「失礼いたします」

先ほどまで身につけていた紫色のドレスから、室内用の淡い蒼色のデイドレスに衣装替えしたカーラは入室するとカーテシーをし、一人掛けのカウチに腰掛けた。

それを確認すると、王宮からの使者である侍従が、ラン王国王家の紋章の封蝋で閉じられた封筒をカーラに対して差し出す。

「ビュッフェ侯爵家のカーラ嬢に対し、国王陛下から直々に書簡が届いております」

「国王陛下からですか……？」

「はい。つきましては、その内容に対し私からもご説明をさせていただきたいと思いますので、まずは書簡の確認をお願いいたします」

静かに頷くと、柔らかな表情のカーラの背筋が一段と伸び、その封筒を丁寧に受け取ると便箋を取り出しそれに目を通した。すると、カーラの穏和な表情が瞬く間に凍りつく。

「……これはすでに、確定されたことなのですか？」

「はい。私どもの判断で、カーラ嬢には王太后殿下付きの侍女として、宮仕えをしていただくことに決まりました。出仕の時期に変更はありませんので、改めて変わらずご準備をお願いいたします」

「……かしこまりました」

カーラは表情には出さずに、その後ドミニクに詳細を聞くと始終優雅な仕草で応対し、用件が終わると玄関まで赴き使者を見送ったのだった。

「それでは失礼いたします」

「ご足労をおかけいたしました」

恭《うやうや》しくカーテシーをし、客人が馬車に乗り込み帰路に就いたことを確認すると、ビュッフェ侯爵とカーラはすぐさま、お互いの顔を見合わせて侯爵の執務室へと向かった。

そして、執務椅子に腰掛けたビュッフェ侯爵に対してすかさず先ほどの便箋を手渡すと、侯爵はそれに目を通した後に長いため息をつく。

「……何ゆえ、そなたの配属先が変更になったのか。よもや我々の計画や内通者がいることが王室に露見したのだろうか」

カーラは掌に力を込めて握り締めながら、務めて冷静であろうと自身に言い聞かせる。

「……それはまだ分かりません。ですが、王太后付きの侍女であっても多少は融通が利かぬところもあるとは思いますが、滞りなく任務を遂行できるかと」

「そうだな、そなたなら問題はなかろう。ただ、我々も別の対策を立てなければならぬやもしれん」

「別の、と言いますと」

ビュッフェ侯爵は執務机の引き出しから小さな石――魔石と見受けられる物を取り出した。

「これが直に王室を、いや王国中の世情を騒然とさせるであろう」

カーラは石を手に取ると、すぐにあることに気がつき口角を上げたが、その目は少し憂いを含んでいたのだった。

番外編

アルベルトの日記

Nidome no jinsei deha Okazari Ouhi ni Narimasen!

セリスとアルベルトの婚礼の儀の翌朝。

アルベルトは自身の執務室にて、政務長官のモルガンから近況報告を受けていた。

「昨日の婚儀は来賓の皆様も皆帰路に就き、無事に終了いたしました。これも全て陛下のお力添えがあってのことでございます」

「……そうか。だが、私に隙が完全になかったとは思っておらぬ。ただ、それは皆の力不足が起因しているとは考えていない」

その言葉に対してモルガンは何かを察したのか、表情を硬くした。

「妃殿下におかれましては、心よりお見舞い申し上げます」

アルベルトは背筋を伸ばして頷いた。

「その責任は全て私にある」

アルベルトは、それ以上そのことに対して言及しなかった。

それから、朝の申し送りが終了しモルガンが恭しく一礼してから退室すると、アルベルトは小さく息を吐く。

(彼女は大事ないだろうか。今朝方目覚めたとの知らせを受けたが、状態は今ひとつ芳しくないとのことだった)

そう思うと、昨夜の晩餐の席で流暢なロナ語でロナ王国の使節と会話をするセリスの姿が脳裏に過った。

(彼女は使節と何の問題もなく会話を交わしていた。以前の彼女であれば私が促したのならともかく、間違いなく自分から使節に話し掛けることなどしなかっただろう)

アルベルトの知っているセリスは控えめで、常に自分の一歩後ろに立つ女性であった。

妃教育のためにセリスの調子がよい日に限りだが彼女が王宮に通っていた際に、敷地内で顔を合わせても決してセリスからは声を掛けてきたことはなかった。

だが、昨晩は使節と率先して会話を交わしていたし、更に実に美味しそうに食事を摂っていた。

食事の際のセリスの恍惚《こうこつ》とした表情が脳裏に浮かぶと、今度は披露目の際の真剣な表情が浮かんだ。

ふと、アルベルトの心に何か形容のし難い気持ちが浮かぶ。

(彼女があれほどまで真剣に民のことを眺めるとは、正直なところ想像していなかった)

だが、アルベルトはそんなセリスの眼差しに好感を抱いたのだった。

思えば、昨日のセリスはアルベルトが知る彼女のそれとは本質的に異なるように感じる。

これまでセリスに対して、温和ではあるがどこか心の迷いを瞳に映す女性だと思っていたが、昨日控室で会った際に彼女が向けた眼差しからは意志の強さを感じた。

「セリスは、あのような女性だっただろうか」

呟いてから、アルベルトは自分が自然とセリスの名前を久しぶりに声にしたことに気がついた。

自覚すると今度は、王宮の中庭で幼いセリスと初めて出会ったときのことが脳裏を過る。

（ああ、そうだ。私はあのときセリスの純真な眼差しに心を奪われたのだ）

そう思うと、アルベルトは自分の心中に何か形容のし難い感情が芽生えたように感じた。

（そうか。私はきっとセリスのことを……）

アルベルトはスッと立ち上がると窓際に寄った。

窓の外には中庭が広がり、白い薔薇や赤い薔薇が見事に彩っていた。

その花々を眺めていると、ふとあることを思いつく。

（セリスの心が、少しでも和らぐとよいのだが）

それから、アルベルトは執務机の上に置かれた魔宝具《まほうぐ》のベルを手に持ちそれを鳴らしたのだった。


翌日の深夜。

アルベルトは自室のビューローに向かい筆を走らせていた。

今朝、アルベルトはセリスに対して、庭園の白い薔薇を自身が書いた書簡と共に届けるようにと侍従に命じていた。

それは無事に受け取ってもらえたようであるが、変わらず床に伏せているセリスのことを思うと筆を走らせずにいられなかった。

『大事はないか。昨日は薔薇を贈ったが、今朝はそなたに似合うだろうと思いガーベラを贈ろうと思う。少しでもそなたの心を癒す一助になればよいのだが』

そう書き記したところで、ピタリと走らせていた万年筆の動きを止めた。

「いや、少々長いだろうか」

そう呟くと、便箋を新たにし改めて筆を走らせた。

先ほどの便箋は五枚目であり、その後七枚目の便箋を翌朝届けることに決定した。

『大事はないか。今は何も気にせず休むとよい』

そう書いてはみたが、セリスは果たしてこの言葉をどのように受け取るのだろうか。

思えば、アルベルトはこれまでセリスに対して花を贈ったことがほとんどなかった。

セリスが幼い頃に白い薔薇を何度か贈ったことはあったが、それも自分自身に思うところが生じて贈らなくなったのだ。

婚約者としてドレスやネックレス等の装飾品は定期的に贈ってはいたが、それらのほとんどは侍従が選んだものであった。

それは婚約者として配慮に欠けているが、アルベルトは当時ある事情を抱えていてセリスに対して十分に気を配ることができなかったという事情もある。

（だが、それは私がセリスに対して自発的に関わってこなかったことへの理由にはなり得ない。私はどこか彼女のことを……）

そう思い瞼を閉じると、たちまち目前に幼い頃のセリスが浮かんだ。

（セリス）

心中で呟くと、アルベルトは今まで自分の中のセリスに対しての印象が幼き頃のままで止まっていることに気がついた。

「ああ、そうだな。私はセリスと向き合うべきだ。……これがこれまでの償いなるのかは不明瞭だが、現状のままでいてはならない」

そう言ったあと、アルベルトはビューローの棚から鍵付きの日記帳を取り出した。

「今日から自戒の意味を含め、普段の日記とは別に日記をつけることにする。セリスに対しての考察が主になるだろう」

アルベルトは日記帳のページを開き、先日の婚儀及び晩餐会の際のセリスの様子を書き込むことにした。

『六月十六日。本日は私とセリスの婚礼の儀である。身支度を整えた私はセリスの控室を訪ねた。応対した彼女の私に向ける眼差しは、強い意志を感じさせるものだった』

そう書き終えると、アルベルトの目前に件の際のセリスが思い浮かんだ。

純白のドレスに身を包んだセリスはどこか神々しさを感じ、思い出した途端胸に熱いものが込み上げてきた。

「綺麗だ」

そうポツリと呟くと、アルベルトは自分自身に驚き瞠目した。

「まさか、自分自身がこのような言葉を発するとは思わなかった」

日記帳を閉じると、アルベルトは立ち上がった。

（……ああ、だから私は婚礼の儀の際、セリスにあのようなことを。きっとすでにセリスに対して惹かれていたのだ。……いや、それを自覚したのはあのときだが、おそらくはずっと以前から……）

アルベルトは婚礼の儀の際の、誓いのキスのときのことを思い出していた。

思えば、元々はセリスの手の甲に口付けるつもりだったのだが、気がついたら彼女の額に唇を落としていた。

その際、予想外だったのか随分とセリスは驚いた様子だった。

（セリスを驚かせてしまったな。だが、彼女とはこれまで距離を取っていたのだから、そのような反応をするのは当然だろう）

そう思うとチクリと胸が痛んだが、同時に自分には傷つく資格は到底ないとも思う。

「ならば、自分が取るべき行動はこれから少しでもセリスと会話をすることだろう。もちろん彼女の同意の上で負担を与えない範囲でだが」

そう呟くと、アルベルトはバルコニーへと出て夜空を見上げたのだった。

四日後の深夜。

アルベルトはビューローに向かい、黙々と日記を書いていた。

幼き頃から日課としていた日常を記した日記を書き終え、今は最近日課となりつつあるセリスに関する日記に取り掛かっていた。

『六月二十二日。今晩は久方ぶりにセリスと会うことが叶った。彼女は病み上がりであるが背筋を伸ばし、決して隙なきように振る舞っており好感を抱いた』

そこまで書くと、アルベルトは万年筆を持つ手の動きをピタリと止めた。

「ベージュのドレスがとても似合っていた。それに今日も実に美味そうに食事をしていたな」

笑顔でポタージュを食すセリスを思い出すとアルベルトは自然と破顔するが、ふとペンダントの相談を持ちかけられた際にカイン・バルケリーの名前を彼女が口にしたことが彼の中で引っ掛かった。

「バルケリー卿、か。よもやセリスの口から彼の名前がでるとは」

自分でも理由は分からないが、たちまち胸に鈍い痛みが広がっていくように感じた。

思えば、随分前からカインはセリスと面会を希望していたのである。

だが、セリスの父親であるバレ公爵から魔術師とはセリスを関わらせぬようキツく言われていたので、カインを含めた全ての魔術師とセリスを接触させないように取り計らってきたのだ。

アルベルトにはその理由は知らされていなかったが、おそらく政治的な理由からなのではと考えていた。そのため、これまでセリスはカインと一度も会ったことはないはずだが、これから二人が面会するとなると何か判然としない気持ちが湧き上がってくる。

「面白くないと感じてしまうのは、なぜなのだろうな」

そう呟くとアルベルトは立ち上がり、気持ちを切り替えるためにお茶を飲もうと魔宝具のベルを鳴らして側仕えを呼び出した。


「陛下、例の件の報告書をお持ちいたしました」

「ああ」

銀髪を靡《なび》かせて、レオニールがアルベルトの執務室に入室した。

アルベルトの弟である彼は日頃からアルベルトの補佐を行っており、今は主に国内の産業について担当している。

「魔宝具の新開発は順調のようだな」

「はい。王宮魔宝具師の技師らは皆優秀ですから。ただ、災害対策用の魔宝具については開発が難航しているようですが」

レオニールは続いて何かを言おうとしたが、口を噤《つぐ》み小さく息を吐きだした。

その様子に対しアルベルトは不思議に思うが、特に彼からは何も持ちかけないようなのでそれには触れないことにした。

（レオニールであれば、時期がきたら自分から切り出すことができるであろう）

そう思うと受け取った書類を確認し、問題がなかったのでレオニールに退室の許可を出した。

「では、私はこれで失礼します」

「ああ、ご苦労だった」

レオニールは取っ手を掴むが、数秒止まったのちこちらの方に振り返った。

「陛下。妃殿下と良好な新婚生活を送られているようですね」

突然の思ってもみなかったレオニールの言葉にアルベルトは瞠目したが、彼の表情が温和なものだったのでレオニールに含みはなく純粋な気持ちからの言葉だと理解した。

加えて、つい数日前にセリスとの初夜の儀は表向きには滞りなく終了したことになっているので、先ほどのような発言をしたのだろうと思い至る。

「ああ、そうだな」

ここは下手《へた》に取り繕うことなく冷静に肯定するべきだと判断した。

だが、レオニールはピタリと動きを止めて大きく目を見開いた。

しばらくしてもそのまま動かないので、流石にアルベルトは不思議に思い声を掛けた。

「どうかしたのだろうか」

「……いいえ。あまりにも意外だったので」

「意外とは」

「その、陛下がきっぱりと肯定したものですから」

レオニールが言うところの肯定とは何のことを指すのだろうかと思い巡らすと、先ほどの「良好な新婚生活」を指しているのだろうと思い至った。

よく考えてみると、確かに普段の自分であれば個人的なことを訊かれても安易に他人に情報を与えないように、答えないか言葉を濁すかの二択であった。

だが、先ほどは特にためらいもなく気がついたら肯定していた。

「……そうだな。自分でも意外に思う」

そう言ったあと、ふとあることが過った。

「……王妃に、何か贈り物をしたいのだが」

「贈り物ですか？」

「ああ」

「そうですね。やはり妃殿下の好きなものがよいと思います」

「好きなものか。そうだな、王妃は白い薔薇が好きだが」

「では、それをモチーフにしたものを贈られるとよろしいかと」

「モチーフ」

アルベルトの脳裏にふとあるものが浮かぶ。

その装飾品はきっとセリスに似合うだろうと思った。

(何より自分が贈った物を身につけてもらえると想像すると、このように胸が高鳴るものなのだな)

自然と口角が上がり、それを目にしたレオニールが珍しいものを見たかのように目を見開いた。

「陛下」

レオニールはアルベルトの傍まで近づき、改めて姿勢を正した。

「どうしたのだ」

王弟であるレオニールから、立場を考慮してなのかこのように話し掛けられることは珍しかった。

「妃殿下と良好な関係を築かれているのですね。……王太后が特に安心しているようで、その……」

何か言い出しづらそうにしているレオニールに対して、アルベルトは疑問を抱いた。

「私とそなたの仲だ。どのようなことでもよいので打ち明けて欲しい」

「陛下……」

レオニールは掌《てのひら》をギュッと握り締めた。

「王太后が、『無事に孫の顔を見られる日が来られそうで安心いたしました』と和やかに仰っていました」

アルベルトは一瞬言葉を失ったが、じきに小さく頷いた。

「そうか。王太后の立場からすれば当然そのように考えるだろうな」

「……確かにその通りなのですが」

間髪入れずに返したレオニールに対して意外に思い目を細めると、彼は小さく頷いた。

「それでは、私はこれで失礼いたします」

「ああ、ご苦労であった」

退室するレオニールを見送ると、アルベルトは椅子に腰掛け直した。

（孫の顔か……）

先ほどのレオニールの言葉が脳裏を過った。

母親であるソフィー王太后は、約一年前に前国王であった夫を病で亡くしている。兆候がほとんどなく突然の死だったので、当時王太子であったアルベルトを始めソフィーやレオニールらは皆、動揺を隠せなかった。

特に妻であったソフィーはしばらく伏せて本宮に籠りがちだったのだが、数ヶ月前にアルベルトとセリスの婚礼の儀の日程が決まると少しずつ回復したのだ。そんな経緯があるので、もしかしたらソフィーは人一倍アルベルトの家族を欲しているのかもしれない。

(母上には少しでも安心していただきたいが……)

そう思うのだが、アルベルトは瞼を閉じて先の初夜の儀の際のことを思い出した。

抱きしめたセリスに対して「身籠りたくない」と力いっぱい押しのけられたが、アルベルトにはそれ以上に心に燻《くすぶ》っている言葉があった。

(大嫌い、か……)

思い起こすと胸の奥に鈍い痛みを感じる。同時に当然だろうという気持ちも込み上げてくる。

「これまで、セリスに対して自発的に関わって来なかったのだから当然だろう。むしろそんな相手にも関わらず決して目を逸らすことなく彼女は私と真摯に向き合ってくれている」

それがどれだけ有難いことか、アルベルトは身をもって知っていた。

これまでアルベルトの周囲には、彼の地位を利用しようと打算や下心から近づいて来る者がほとんどで、その者らは皆一様にどこか目が曇っていたのだ。

だが、セリスの瞳は幼き頃から今に至るまで決して曇らず、真っ直ぐに彼を見ていた。

初夜の儀の際も契りこそ交わさなかったが、セリスが想いの内を打ち明けたあと、アルベルトの言葉を受け止めてくれた。

今でも、カウチに二人で腰掛けたときの温もりや、翌朝、寝台の上で触れたセリスの感触をよく覚えている。

（セリスが愛しい。この想いは日に日に強くなっていると感じている。……だが、再び私が彼女にこの言葉を告げるのは時期尚早だ。今はあくまでも日々出来得ることをするのみ）

そう思うと、アルベルトは立ち上がり窓の近くまで寄って外を眺めた。

中庭には、白い薔薇が無数に咲き誇っていた。

「セリスは、私からの贈り物を喜んでくれるだろうか」

彼女の立場や性格から受け取ってはくれるのだろうが、心から喜んでもらえるかは不確かであった。

もし、自分の贈り物に対して負担や不満に感じたら……。

そう思うと贈り物をすること自体を怯《ひる》んでしまうが、それは違うだろうと思い直す。

（きっと、世の恋人や婚約者は、このようにして相手の気持ちと向き合っていくのだろうな）

自分はそれができていなかったと自覚すると、アルベルトはセリスと向き合っていこうと改めて決意を新たにしたのだった。


王宮魔術師長就任式の翌日の深夜。

アルベルトは自室のビューローに向かって、日課の日記を記していた。

『七月六日。曇り。本日は魔石鉱山の視察へとミラーニ侯爵と共に赴いた。先日の件の延長で視察を行ったのだが、肝心の議論は平行線を辿ったままである』

そう記し、詳細を更に追記するともう一冊の日記帳を取り出しページを開いた。

『七月六日。曇り。本日はセリスと晩餐を共にした。セリスは仔羊のポアレを実に美味そうに食し「とても美味しいですね。仔羊は春が旬ではありますが、夏野菜と合わせて食すのも爽やかです」と感想を笑顔で述べた。私も同意したが、しばらくセリスの笑顔を眺めていたいと心から思った』

そこまでを記すと、ピタリと万年筆の動きが止まった。

「……明日か」

そう呟くと、明日セリスのティーサロンにて共に茶を飲む約束をしたことを思い出した。

アルベルトとしては純粋にセリスと共に茶を飲むことを楽しみにしているが、彼にとってはその約束の際、茶を飲むこと以外にもう一つ重要な目的があった。

そう思案すると小さく息を吐き出し、瞼を閉じた。

『陛下。王妃の体質を改善するには貴方の協力が必要不可欠です』

『協力？　そうか。私が協力することで王妃の体質が改善するのならばどのようなこともしよう。して、何をすればよいのだ』

『はい。実は……』

そこまで追想すると、アルベルトは思わず目を見開き立ち上がった。

カウチまで移動し腰掛けると、先日初夜の儀の際に向かいの席に腰掛けたセリスを思い出した。

「あのときのセリスは自分の中に燻っていた負の想いを露呈した。明日はそのようなことはないから支障はないはずだ。……だが」

呟くと一抹の不安が過る。

「セリスは私を受け入れてくれるだろうか……」

それは、自分を許してくれるだろうかという思いと同義だった。

婚儀から今日《こんにち》に至るまで様々な出来事があった。特にセリスが自身の真実を知った際には、常に隣にいて彼女が強い負担を感じないように励まそうと努めた。

だが、その想いをどう受け取るのかは人によって千差万別である。

必ずしも、アルベルトの想いをそのままの意味で受け取っているとは限らない。

(……もし、彼女が拒否することがあれば)

そう思うと怖かった。

特に、最近では二人の関係は良好の一途を辿っているように思える。

そんな矢先、もしアルベルトがセリスに対して踏み込んだ対応をし、そのことが原因でセリスが拒否反応を示したら……。

そう思うと胸がズキリと痛んだが、それでもセリスのためを思えば貫き通さなければならない。

そもそもセリスとは夫婦の間柄であり、初夜の儀の際に契りは交わさなかったものの、彼女の気持ちの整理期間を設けてから新ためてことを行うことを相手は承諾しているのだ。

（だが、夫ということを笠に着て行うのは違うだろう）

セリスには覚悟はあると思われるが、それとこれとは違うように感じる。

そう思案していると、先日セリスの専属侍女であるオリビアが何者かの策略により結果的に軟禁された際、彼女を心配したセリスが凛としてアルベルトに対して向けた瞳を思い出した。

『オリビアがわたくしを陥れるなど、考えられません』

セリスのこの言葉は、アルベルトの胸を強く打った。

今思い出しても、熱いものが込み上げてくるように感じる。

「そうだ、私はセリスを愛している。彼女を大切に思うからこそセリスの体質が改善されることを心から願っているのだ」

自分のことはどう思われてもよい。ただ彼女が健やかにいてくれさえすれば。

だが、それを行ったことでセリスが嫌悪感を抱いたり心の傷を負ってはいけない。

アルベルトはそっと立ち上がると、改めてビューローに向かった。

『明日改めて、私は自分の気持ちをセリスに打ち明けようと思う。彼女の健康と幸せを心から願う』

そう日記に加筆し終えたアルベルトの表情は、どこか柔らかさを感じさせるものだった。

《了》

二度目の人生では、お飾り王妃になりません！1

発行
2024年2月15日　初版発行

著者
清川和泉

発行人
山崎　篤

発行・発売
株式会社一二三書房
〒101-0003　東京都千代田区一ツ橋2-4-3 光文恒産ビル
03-3265-1881

編集協力
㈱セイラン舎／リッカロッカ 萩原清美

印刷
中央精版印刷株式会社

作品の感想、ファンレターをお待ちしております。
〒101-0003　東京都千代田区一ツ橋2-4-3 光文恒産ビル
株式会社一二三書房
清川和泉 先生／音中さわき 先生

Printed in Japan, ISBN 978-4-8242-0110-2 C0093
※本書は小説投稿サイト「小説家になろう」（https://syosetu.com/）に
掲載された作品を加筆修正し書籍化したものです。